朧月書版

朧月書版

這麼可愛一定是男孩子

下

作者 吐維　　繪者 Eli Lin 依萊

目錄

Chapter 11

第 11 章

「恭喜『諾亞方糖』破萬訂閱！乾杯，予焦（乾杯）啦～！」

方家的破舊鐵皮屋，今天特別熱鬧。

為了慶祝頻道破萬人訂閱，這天直播之後，方家兄妹特地點了上回生日沒點成的外賣壽司，還買了啤酒和拉砲，熱熱鬧鬧地慶祝了一番。

那天雨中驚魂後，方逢源一度動了讓「諾亞方糖」畢業的念頭。方逢時也建議要不要關臺一陣子，好讓那個跟蹤狂死心。

但一來「諾亞方糖」頻道已是方家兄妹最大外快來源，不做的話，方逢源勢必得再去打工。而以方逢源過去經驗，像他這種人，多數服務業都會拒之門外，他已經放棄跟人爭執穿裙裝還褲裝上班的事了，最終也只能重操伴遊舊業。

二來一萬訂閱得來不易，關臺還得從頭來過，這點方家兄妹都捨不得。

好在Dfool的中之人討論串也平息下來，「方糖新郎」沒再PO文，沒有新線索，熱度很快就降下來，轉而討論另一名主播腳踏兩條船的八卦。

方逢源只能安慰自己是一次性的突發狀況，大事化小、小事化無，掙錢要緊。

「Q&A的反應也很熱烈呢！一個晚上斗內就是平常五倍。」

方逢時的眼睛都變成「$$」的形狀，「特別是那位佛卡夏親爹，簡直送禮不手軟，好想知道他的盧山真面目啊！」

方逢源看斗內清單最上方的那個名字，「黑糖佛卡夏」一個晚上就給了他五千多塊，甩其他粉絲一個馬身，心情萬分複雜。

最近《這麼可愛》進入宣傳期，方逢源打開YouTube，就會看到劇組宣傳短片，被推播到熱門影片串上。

宣傳片有數種版本，其中一版尤為激情，是受方「唐秋實」和攻方「白樂光」在茶水間的吻戲。

方逢源看影片裡的艾佛夏身著白襯衫，被飾演攻方的徐安東扯著吊牌繩子，甩進陰暗的室內。艾佛夏背脊貼著門，徐安東一個壁咚堵上他的嘴，箝著他的下巴強勢進攻。而艾佛夏也從初始的生澀，到後來意亂情迷，摟著對方脖子唇槍舌戰。

影片中艾佛夏的位置，在中途還用驚悚片的轉場效果切換成女演員。下方則上了醒目紅字。

「你眼中的我，究竟是女人、還是男人？」

整體而言相當吸睛，上傳不到一天，點閱便破了十萬。

但看著艾佛夏如此忘情地和另一個男人親吻，和那天在河濱公園時與他的熱吻，幾乎看不出有何區別，方逢源心中複雜程度難以言喻。

他明白艾佛夏是演員，既然是演員，就得演得跟真的一樣。

艾莫能助：這在世人的定義裡，就是「交往」了不是嗎？

方逢源盯著手機裡的私訊好半晌，回了訊息。

生不逢源：我們又沒真的上過床。

至於舌吻，你跟誰都能那樣吻不是嗎？

方逢源一發訊息就後悔了，他不用重讀就知道，這話的酸鹼值都要低於PH3了，正想緊急收回，手機就響了起來。

是「艾莫能助」，還是視訊邀請。

方逢源心虛地望了一眼旁邊，方逢時還露著肚子呼呼大睡，按下了接通鍵。

艾佛夏的俊容很快出現在手機裡，方逢源見他坐在帆布椅上，還穿著防寒衣、脖子上敷著熱毛巾，不禁一呆。

「……你還在攝影棚裡嗎？這麼晚？」

艾佛夏笑得開懷，「不要緊，這是我個人休息室，我有鎖門了，除了茂山哥誰也沒法進來。」

「但你還在工作不是嗎？會不會影響到你？」方逢源問。

「沒事，今天的分都拍完了，剩下確認影片而已，現在助導他們在確認安東尼的部分，我的可能還得等上一小時。」

方逢源見艾佛夏背靠著椅子，防寒衣的領口微開，露出裡頭疑似戲服的白襯衫來，襯衫釦子還一路開到胸底。想起那個宣傳影片，耳根微紅。

「為什麼忽然視訊？」方逢源問。

艾佛夏低沉地一笑，用手托著腮幫子，「沒啊，想說你難得吃醋，想看看你吃醋的臉，就打來了。」

方逢源氣息一滯，「我、我沒……」

「宣傳影片看到了吧？我演得很不錯吧？這是上禮拜才補拍的，本來我怎麼都演不來，都是託你的福。」

方逢源愣了愣，艾佛夏便笑說：「我是想著你的臉演的，真的很有效，一下子欲望都湧上來，那天吻完我還硬了，好在Anthony沒有發現。」

方逢源實在不明白，這人怎麼能在工作中講這麼over的話題，還臉不紅氣不喘，演員果然不可信。

「對了，腰帶我收到了。我有拿給Alice她們看，請她們依你的概念做出成品來，但她們都說你做得太精巧了模仿不來，後來乾脆直接用你的版本，我都不知道你手竟然這麼巧。」

這麼可愛一定是男孩子

艾佛夏喜孜孜地說著：「你瞧瞧，成品在這裡。」

他往後讓了下鏡頭，方逢源見他身後懸掛了一件白色秋季洋裝，腰間有條黑色腰帶，以鏤空麻線織成，和紗質洋裝相襯，既端莊又高雅。

那是唐秋實在第三集中的衣裝。第三集描述妹妹唐秋香終於受不了只在夜晚占有白樂光，要求哥哥讓她白天也能出現。

軟弱的唐秋實應允了，唐秋香便穿上洋裝，和白樂光來了場各懷鬼胎的遊樂園之旅。

這是艾佛夏得以女裝拍攝最長時間的一景，且是外景，劇組大手筆地包租了兩天的遊樂園場地。

艾佛夏把劇組準備的衣裝拍給方逢源看，方逢源說腰間加點裝飾會更好，能修飾艾佛夏過高的身形，艾佛夏便拜託方逢源試做看看。

方逢源拗不過艾佛夏，抱著姑且一試的心情，指揮艾佛夏丈量尺寸，做了腰帶的樣品，還委託韓茂山來鐵皮屋拿。

艾佛夏被勒令禁足。上回他倆女裝出遊，後半方逢源打點後固然是沒露餡，但艾佛夏自行裝扮的鮑伯頭造型還是被認出來了。

有人還把照片放到 Dfool 上評論，「這是在拍戲？還是國民變態的新嗜好？」弄得艾佛夏也不敢再亂來。

方逢源回想韓茂山代他來拿樣品時的神情，臭得可比茅坑，有點擔心他回去會用這條腰帶勒死艾佛夏。

雖說方逢源也慢慢能理解韓茂山的心情。和艾佛夏熟起來後，方逢源才發現這人堂堂國民男神，心智年齡有時和屁孩沒兩樣，雖有六歲的年齡差，方逢源覺得自己還比較像哥哥。

「韓先生，謝謝您。」當時方逢源向韓茂山鞠躬，「……您辛苦了。」

韓茂山看著一頭短髮、身著家居服的方逢源，忽問：「你有心理準備了嗎？」

方逢源怔住，韓茂山便補充，「和現役藝人交往這件事。」

他長嘆了口氣。

「你會有很長一段時間無法被公開，被藏在暗處，做什麼都得躲躲藏藏。就算幸運一點被大眾接受了，顧慮對方的工作，也無法像正常情侶一樣出入公眾場合，能約會的地方永遠只有兩個點：你家、他家。

「藝人沒有隱私，連帶也會影響到你。以你的狀況，正常生活本就會遭遇不少困難，萬一你的身分曝光，可能連生命都會受到威脅。」

方逢源沉默不語，韓茂山又說。

「Averson是性情中人，做什麼都一頭熱，一但喜歡上了，戰車都拉不住他。但你不同，雖然只見過你兩次，但我認為你應該是個聰明人，而且成熟。

「因此這個煞車，得由你來踩，方同學。」

「小圓……？」艾佛夏的聲音傳進耳裡，把方逢源驚醒過來。

「你還真是動不動就在想事情，想到眉頭都皺了。」艾佛夏笑著，「想些什麼，說來聽聽？」

方逢源吞了口涎沫。

「夏哥，你和……盧小姐，是怎麼在一起的？」他問。

艾佛夏明顯安靜了一下，但他很快又恢復笑容。

這麼可愛一定是男孩子

「繼吃醋之後，是問交友狀況了嗎？不錯嘛！越來越有正牌男友的架勢了。」方逢源沒理會他的瘋話，「是盧小姐跟夏哥告白的嗎？」

艾佛夏輕吐了口氣。

「我和她共演《好好先生》之後，有很長一段時間並沒有見面。雖然禮貌上交換了LINE，但多是問候一些工作狀況，也都在社交範圍內。」

他說了令方逢源意外的話。

「大概三、四年前吧？我在拍金輪汽水廣告時，在攝影棚偶遇Ruka。剛好那天是徐亞莉生日，我邀她一道，之後才漸漸熟起來。Ruka其實不是壞人，她很感性，有時會有點多愁善感，和她一塊看電影，我們常一起哭得稀里嘩啦的。」

「但我看新聞，你是因為被拍到和她在一起，才承認跟她交往的，是嗎？」

方逢源打斷他，不知為何，他不是很想聽見艾佛夏誇獎前女友。

艾佛夏一嘆，「應該是反過來，是被拍到在一起後，我們才交往的。」

「咦……？」

「嗯，我有感覺她喜歡我，一直找機會跟我獨處。但我對她沒感覺，在緋聞出來前，我們甚至沒單獨出去吃飯過。」

艾佛夏說，儘管他刻意保持距離，但世人擅長捕風捉影，八卦還是傳開了。

當時有家知名雜誌的記者，號稱得到業內人士有力消息，寫了長篇報導，繪聲繪影地說他和盧其恩正在交往、還同居。

兩人曾共演熱門劇，這樣的緋聞當然引起熱議。

但依照業界慣例，沒被拍到同框照就沒媒體壓力，安古蘭最初並沒有理會那些鬧劇。

Chapter 11

當時艾佛正當紅，有為數眾多的小太陽狂粉。Ruka在圈內名聲又不算清白，曾有和知名製作人潛規則的傳聞，那些粉絲便以此為素材，展開瘋狂攻勢。

「Ruka那時真的很慘，她的粉專被洗板到關閉，寫真集握手會被一群女的跑去潑穢物……這還是新聞有報的。有些粉絲還跑到Ruka家裡，在她信箱裡塞恐嚇信，Ruka的保母車輪胎被人放氣，差點出車禍。」

方逢源臉色微白，他想起韓茂山那些警告，原來並不是危言聳聽。

「經紀公司沒出來澄清嗎？」

「安古蘭和悅聲算是勁敵關係，茂山哥當時覺得沒必要隨他們起舞。倒是悅聲發了聲明，表明我和她沒有在交往，但那些狂粉不肯相信，反而說Ruka是敢做不敢當、心機婊什麼的。」

「後來呢……？」

「Ruka來找我。」艾佛夏說：「她說為今之計，只有我親口承認我們在認真交往，才有辦法平息眾怒，還說她家人被騷擾到連夜搬家，她弟連學都不敢上，最後連徐亞莉都來說情，讓我幫她師姊一把。」

「所以你答應了？」方逢源問。

艾佛夏搖頭，「我再怎麼同情她，也不可能欺騙粉絲，我告訴她我們暫時別見面一段時間，等新聞熱度過了就好，反正清者自清。」

「如果是這樣，怎麼會被拍到？」

艾佛夏長嘆了口氣。

「大約兩年前這時候，我和徐亞莉共演一齣新年短劇，有個很照顧我的助導生日，我倆就想到手作蛋糕送給他。剛好當時Anthony在市區一間出租廚房當講師，徐亞莉就提議到她哥那裡做。」

「徐先生嗎……？」方逢源喃喃。

「嗯，因為是私人行程，茂山哥沒跟，加上徐亞莉和我是好朋友，我也沒什麼戒心，但差不多快做好時，Ruka 卻忽然現身了。」

艾佛夏說，盧其恩也表現得相當驚訝，說自己是來拍攝第四臺購物商品影片的，沒想到會巧遇。

「我當時有覺得不對勁，想立即離開，但徐安東說蛋糕冷卻需要時間，會幫我注意人員出入，我才待下來。」

但就在蛋糕快做好時，盧其恩忽然走進了艾佛夏的廚房單間。她劈頭便向艾佛夏道了歉，表明不會再糾纏她。艾佛夏雖覺尷尬，也不好當面拒人於門外，只能跟她閒聊兩句，那時艾佛夏手裡還拿著蛋糕。

方逢源在網路上看過那張緋聞照片。照片拍得相當清楚，且時機恰到好處，就是艾佛夏站在 Ruka 身後，而 Ruka 把掉落的草莓放上蛋糕的瞬間。

照片是從個室窗戶外往裡拍的，攝影師顯然守株待兔已久。

「……所以你被算計了。」方逢源喃喃說：「盧小姐應該是知道你在這裡，才特意來接近你，目的是拍到同框照，好當作逼你承認交往的籌碼。」

但艾佛夏搖了搖頭。

「不，單是同框照還沒什麼，我以前不知道被拍過多少次了，算不上什麼籌碼，但那天還發生了另一件事。」

「什麼事……？」

艾佛夏低著頭，方逢源看不清他的神情，「Ruka 提到路蘭女士的事。」

方逢源想問「路蘭的什麼事」，但螢幕那端的氛圍，讓方逢源本能地感覺到，如果他再追問下去，可能會就此破壞什麼，只得暫時打住。

「我不知道她是怎麼查到那些事的，但她對路蘭一知半解，又講了些自以為是的話，當時我有點失控，我……出手打了她。」

方逢源安靜了一下，「就是那些照片……？」

「嗯，我並不是很記得細節，只覺得腦子裡像有什麼東西斷了，還有 Ruka 一直在哭、一直在求饒……後來安東尼衝進來攔我，他搧了我一巴掌，我才清醒過來，但 Ruka 已經渾身是傷了。」

艾佛夏說著。

「如果只是被拍到，以安古蘭的實力都還有辦法處理。但打人完全不同，Ruka 透過經紀公司跟我們交涉，說她已經留下驗傷證據，如果我不公開承認兩人的關係，就要將這件事公諸於世。」

方逢源沉吟良久。

「但如果當初已經交換條件了，為什麼盧小姐這次還會爆料……？」

「我也不清楚，當初談判時，茂山哥也有出席，我們還簽了切結書，約定洩密的罰則，沒想到後來還是出事。」

他把背靠回椅子上，微闔了下眼。

「Ruka 自尊心很強，這兩年來，她一直想假戲真做，但就像我在記者會說的，我對女人起不來，或許她認為得不到我，就乾脆徹底毀掉我。」

方逢源還在思索，艾佛夏在鏡頭這端又笑起來。

「好啦！你也問得夠詳細了，這樣總該相信我了吧？我是真心喜歡你，不是為了嘗鮮，也不是受了傷想逃避女人。」

方逢源聽著艾佛夏直率的告白，頓覺心律亂成一團，彷彿編曲時的草譜，抓不到主旋律和節拍。

這時艾佛夏往門口看了一眼，「Staff在叫我，應該是輪到我確認了。」

方逢源忙說：「那我先去睡了，太晚睡的話……」

「……隔天膚質會黯沉，您的教導我都銘記在心，圓老師。」

艾佛夏在螢幕那端做了個雙手合十的膜拜動作。即使心情起伏，方逢源還是忍俊不禁。

「我也好想跟你一塊睡，可惜還有工作。」艾佛夏故作苦惱，「對這麼可憐的學生，圓老師不給我一點鼓勵嗎？比如來個晚安吻之類的？」

方逢源一怔，艾佛夏那張俊得天怒人怨的臉忽然湊近螢幕，他閉上雙眼、微嘟起嘴，一副等待王子親吻的公主。

方逢源臉上燥熱，同時不安再次湧上心頭。

韓茂山的話再次在耳邊響起，『這個煞車，得由你來踩。』

「……既然還有工作，就快去做吧！別讓人等你。」

被當面拒絕，艾佛夏也沒有氣餒的樣子，依然是嘻皮笑臉。

「知道了，Mon coeur, je naime que toi（我的心肝寶貝，只愛你一個喲）～」

方逢源直到視訊關閉，摀著臉坐回沙發上，在方逢時身邊深呼吸了數次，才有力氣起身。

他本想去洗個臉冷靜一下，手機卻再次響起。

方逢源想這國民屁孩有完沒完，正想接起來罵人，卻發現螢幕上顯示的不是「艾莫能助」，而

Chapter 11

是另一個熟悉的名字。

方逢源連忙按下接通鍵，「喂，琅久叔嗎？怎麼了，這麼晚打給我？」

他有些忐忑，自從上次方逢源掛他電話後，兩人就無甚連繫，今天也不是什麼特別的節日。

沙發上的方逢時貌似睜開了一絲眼縫，睡眼惺忪地問：「怎麼了？蚻蚻(蟑螂)打來喔？」

電話那端的正是繼父張琅久，他顯得語重心長。

「小源，有件事想跟你說，雖然承安說不需要告訴你們，但我覺得還是該讓你們知道，小時在嗎？」

方逢源瞥了一旁揉眼睛的方逢時一眼，不安地「嗯」了聲。

張琅久嘆口氣，「承安決定要去法院了。」

方逢源手腳一冷，「法院……？」

「你知道的，小源、小時。」繼父說：「如冬兄是你們國二那年報失蹤的，到今年的十二月初，剛巧滿七年。」

猶記當初在曼谷找不到父親，張琅久在三天後報了警，曼谷警方搜尋了整整一個月，還驚動到泰國經濟交流辦事處。

當時方媽魏承安為了工作，帶著方逢時先行回國。

但方逢源堅持不願離開，和張琅久兩個人，在警方放棄後足足又找了一個多月，找到簽證都快過期了，才在繼父勸說下回國報了失蹤。

「你母親打算向法院申請死亡宣告，日期訂在十二月二十四日那天，我會陪著她一塊去。她打算死亡宣告一生效，就和我登記結婚。」

方逢源渾身發抖，捏著手機不發一語。

他按了擴音，方逢時在一旁也聽得分明，她擔憂地望了自家兄長一眼。

「這麼快？不是說要幫爸爸辦個告別式之類的，先緩一緩吧？」她問。

「……等不了了。」張琅久語出驚人，「承安懷孕了，已經三個月大了。以她的年齡，很可能是最後一次，她之前流過一次產，我希望這回能讓她安心養胎。」

方家兄妹都瞪大了眼。

「喔，恭喜啦，虼蚻，是弟弟還是妹妹啊？」方逢時擠出一句。

但方逢源咬了下唇，「……我爸沒死，他還活著。」

張琅久在電話那頭嘆了口氣。

「小源，我明白，從前你跟如冬兄最要好，他去哪都帶著你，要你接受他已經不在的事實很難。但人總是要往前看，我想如冬兄如果還在世，應該也會這麼跟你說。」

方逢源啞著嗓音，「我爸沒有死。」他又重覆了一次。

他深吸口氣，「你們認為他死了，那是你們的事，別拉上我。」

他說著就要掛斷電話，但張琅久叫住了他。

「我訂了法院附近的家庭餐廳，那天剛好是耶誕夜，你們跟承安應該也很久沒見了，你和小時一起過來，我們坐下來談一談，單純聊聊天也行。我就罷了，小源，你和承安終究是至親，不可能躲彼此一輩子，好嗎？」

《這麼可愛》開播在即，繼網路宣傳後，實體宣傳也相繼上線。

Chapter 11

便利超商門口、宣傳車上、電視臺門口都貼滿了《這麼可愛》的宣傳海報。製片還大手筆租了車站前的大看板，和一旁友臺《惡警》海報分庭抗禮。

海報不像以往的BL劇以凸顯CP為主，只見右側是穿著筆挺的白色西裝、俐落短髮，一身社畜裝扮的帥氣艾佛夏，背景則是明亮的辦公室窗景。

而海報左側，是名長髮披肩、穿著一襲曳地黑色洋裝的神祕女子，背景是陰暗洶湧的泳池，和右側的光明恰成對比。

海報中女子身材纖瘦、四肢修長，五官秀麗，一顰一笑都帶著魅態。

而更勾人的是眼神，女人睨視鏡頭、揚著唇角，彷彿在挑釁每個觀覽海報的人、又彷彿在勾引他們，凡有男性經過海報，都不由得佇足。

一男一女背對彼此，而中間是醒目的黑紅色字體。

「你，愛的是哪一個？」

海報公開第一天，在網上就引起了滔天巨浪。

官推並沒公布海報中的女子是何方神聖，一眾網友於是吵翻了天。

@iLOVESiSTER（15分鐘前）：哪來的美豔大姊姊？這戲的女角是新人啊？

@YAOIkillMe（10分鐘前）：這不是BL劇嗎？哪來的女主角？

@UglyNonono（10分鐘前）：你們不覺得她看起來有點眼熟嗎？

待有神人網友比對了海報兩邊的臉，確認這一男一女都是艾佛夏後，更是一陣雞飛狗跳。

@AthoAver（5分鐘前）：那個人是艾佛夏？騙人的吧！是用軟體合成的吧？

@ArrestMe77（4分鐘前）：啊啊我不活了我愛豆長得比我還美是怎麼回事?!

@MyCPgoMarry（3分鐘前）：我戀愛了……我是男的……我戀愛了……

這麼可愛一定是男孩子

雖然也有認為艾佛夏假鬼假怪，或是嘲諷他當 gay 就罷了，連雞雞也不要了。也有 BL 民崩潰，「女裝受、哭包受、懦弱受，三大雷點！」或是「BL 就是想看兩個硬漢相幹，看偽娘受不如去看 BG」之類的發言也沒少過。

無論如何宣傳效果十足，《這麼可愛》還未開播，期待度便已破表。

這兩日是劇組久違的外景拍攝，遠征中部的主題遊樂園，是劇組最隆重的一次外景，從服裝、燈光、道具到攝影師都嚴陣以待。

演員外宿不便，艾佛夏、徐安東和女演員湯元孝都是當日來回，劇組成員則在當地租民宿，打通鋪住一晚。

由於外景時間有限，劇組表定從凌晨四點便開始拍攝作業。

外景地氣溫極低，艾佛夏和徐安東穿著防寒的羽絨外套，坐在天光未明的控制棚內對讀劇本。先前徐安東忽然發他脾氣，艾佛夏還有些擔心，但好在之後徐安東一切如常，照常演戲、照常為他準備減肥餐，讓艾佛夏多少鬆了口氣。

而太陽昇起後，片場有意外之客來訪。

「艾莫艾大前輩，可以訪問一下嗎？和我最親愛的安哥共演，還被他壓在身下這樣那樣，身心狀態如何呢？」

艾佛夏看著拿著微單眼數位相機、手持腳架，笑嘻嘻對著他臉拍攝的徐亞莉，露出驚訝的神情。

「徐亞莉?!妳為什麼會在這？」

徐亞莉滿臉堆笑，後頭還跟著她和徐安東的共同經紀人 Umi，還有幾個她和安東尼工作室的熟面孔。

「我今天不是女演員徐亞莉，是以『亞莉安娜&安東尼』YT頻道特派員身分，來專訪我們頻道主安哥的。」

徐亞莉穿著一席狗仔的吊帶褲搭土色襯衫，還煞有其事地戴了頂鴨舌帽。只是她身高實在太高，走到哪顯眼到哪。

「韓茂山沒跟你說嗎？承蒙製片乾爹青睞，我們頻道打算製作《這麼可愛》的YT影片特集。我就跟導演提案，來現場拍你們的幕後花絮。」

「但這樣行得通嗎？妳是《惡警》主演，公司那邊……再說也不該由妳親自來吧？你們工作室不是有攝影師嗎？」

「安啦，當然是經過公司許可的，而且就是這樣才有效果，粉絲會覺得我和我哥打對臺，卻又忍不住互相為對方著想、替對方宣傳這點很萌。」

徐亞莉依然笑嘻嘻，「我哥也有拍一集到《惡警》攝影棚探班的影片，點閱率是這一年來最高。時代不一樣了，現在是網路世代，怎麼樣互相拉抬曝光才是重點，這就叫做雙贏啊！」

徐亞莉用兩手比了個「YA」的手勢，艾佛夏只能苦笑。

「對了亞莉，我剛好有事要問妳。」艾佛夏把她拉到控制棚後頭，壓低聲音。

「幹嘛？我不會告訴你《惡警》的情報喔！也不會洩露代替你的那個男演員演得有多爛，跟他拍吻戲有夠痛苦的事。」

「Anthony最近，有跟妳說我什麼嗎？」他問。

徐亞莉一臉打量，「你和我哥吵架了喔……？」

艾佛夏的臉色有些不自在。

「也不是吵架，只是覺得……我好像不夠了解Anthony。」

這麼可愛一定是男孩子

徐亞莉看了他一眼，「你幹嘛不自己問他？」

艾佛夏淡淡說：「有些事情問不得。妳也是從小待這圈子的人，不會不明白。」

徐亞莉安靜了一會兒，「徐安東他，一直在追著你。」

她用了「徐安東」，而不是「我哥」。

「徐安東遇見你時，你是艾大導演捧在手心的獨子，他只是個什麼也沒有的窮學徒。他學成歸國時，你進了國內最大的經紀公司，他經營 YouTube，好不容易有了點流量，你卻已成了大家口中的國民男神。」

她壓低了鴨舌帽沿，眼神有一瞬的空洞。

「對他來說，你一直是遙不可及的存在。小莫，即使如此徐安東還是沒放棄追著你，而且依我對他的了解，今後他也會一直追下去。」

艾佛夏看著徐亞莉隱藏在鴨舌帽下的秀麗容顏，兩人一時沉默，直到徐亞莉先恢復笑容。

「好啦，我要過去突襲我哥了！先說好，等你們有空檔，要找個時間讓我做獨家 CP 訪談喔，我等不及要看這集的後臺流量了，喔耶！」

遊樂園外景的第一場戲，是唐秋實在妹妹脅迫下換上女裝，在遊樂園門口現身的場景。

朱晶晶想營造出萬眾矚目感，光是唐秋實從廣場走到白樂光眼前的戲，就切分了八個鏡位。後製組還說會加上聖光特效，以表達白樂光的驚豔。

雖說艾佛夏在看劇本時忍不住吐嘈，唐秋實對女裝的說明是「從小就有那樣的嗜好」，而白樂光在原作中也只有一開始驚訝，因為唐秋實女裝實在太美，就覺得「好像也不錯」，輕易地接受了男友有女裝癖的事實。

想當初第一次接觸到方逢源時，艾佛夏可是經歷一場價值觀震撼。但看劇組裡的女性都很能接受這種BL世界大同的設定，前直男只能摸摸鼻子。

艾佛夏坐在外景車裡讓Alice上妝，有個道具組的工作人員朝他們奔過來。

「Alice，妳過來一下！還有Monica，妳也過來！」

一群工作人員往控制棚的方向聚集。不多時艾佛夏看助導也來了，後面還跟著滿臉惶恐的新人女演員。

「對不起、對不起，我不是故意的……」

艾佛夏隱約聽見湯元孝帶著哭音的道歉聲，朱晶晶本來在和製片談事情，發現騷動也靠了過來。

「怎麼回事？」她問。

道具組長先出面了，「是我的錯，外景車數量不夠，所以我們把所有道具連服裝都集中在同一車，可能路程中顛簸，道具箱倒下來，有幾個箱子中途散開。那倒不是大事，我本來想說跟大道具組的同仁自己收拾就好。」

組長看了一旁哭得眼睛都腫了的女演員一眼。

「但湯小姐說想來幫我們，她是好意，我就請她幫忙拉箱子。結果碰巧有個箱子跌下來壓住服裝，湯小姐可能沒注意到便用力拉扯，有些服裝就毀損了。」

服裝組的Alice在一旁接口。

「如果是其他演員的服裝也就罷了，通常都有備份，但偏偏壞的是這件。」

Alice把衣服托在手裡，正是艾佛夏預定在遊樂園場景穿的白色洋裝。

見衣服從腰帶的位置，往下裂了道極長的裂口，連腰襬也破了一半。

這麼可愛一定是男孩子

「妳一個演員，做什麼去動道具呢？」

朱晶晶忍不住嘆氣，女孩已經快哭成了淚人兒。

艾佛夏知道她在這劇組處境尷尬，戲分少就罷了，她和徐安東同為新人，徐安東演得風生水起，她卻連講個臺詞都磕磕巴巴，經常NG。

艾佛夏資深、又是主演，演不好就算了，湯元孝一個不重要的新人演員，為了重拍她的戲分，拖到劇組時間，她本人自然過意不去，除了常自掏腰包買飲料外，在片場也會主動幫忙工作人員打雜。

但沒想到搏好感不成，反而出了這樣的大包，連艾佛夏都不禁同情她。

「這沒辦法縫補嗎？」艾佛夏聽見朱晶晶問。

「裂口太大了，而且不是沿著縫線裂的，得整塊布換掉才行，現在也沒有素材。」Alice 苦惱地說。

「借呢？出租道具行總有吧？」

「規模大一些的出租行都在市區，這次工作人員預定外宿，臨時排車班太趕了，再說現在去租回來，等衣服到太陽都下山了。」大道具組的人員說。

「用現成的其他衣裝改呢？」朱晶晶又問。

「這裙子是為艾佛夏先生量身打造的，朱導妳也知道，市面上很少賣身高這麼高的女裝，而且這件衣服有修改過，是艾先生給的建議，除非找到原本的裁縫師傅，要臨時弄出另一件一模一樣的很難。」

Alice 在一旁嘆息。

「這次衣裝真的很美，我本來很期待看到拍攝成果的。唉，怎麼偏偏就出了這種事情？」

艾佛夏一直在後頭聽，此時終於插口了。

「如果說，找得到原本的裁縫師呢……？」

方逢源抵達遊樂園外景區門口時，正值日正當午。

他打從接到電話後就死趕活趕，先上了劇組替他叫的計程車，從北部一路狂飆到中部，在車站和助理的車會合後，以跟車的方式來到市郊的樂園。

他提了兩大行李箱的工具，裡頭包含他從小用到大的簡易縫紉機，跌跌撞撞地下車，還差點絆了一跤。

助理領著他進控制棚，一進棚，就看到幾乎所有人都聚集在那裡。

當中有幾個熟面孔，包括有數面之緣的韓茂山、在宣傳片裡看見的女演員，當然還有遠遠站在一角，昨晚才纏著他熱線到深夜的男人。

艾佛夏看見他，立時舉起手來，「小……逢源，在這裡！」

方逢源卻沒有看他。他遠遠看到帆布椅上坐著的朱晶晶，深吸口氣，提著兩大包行李快步走了過去。

朱晶晶望了他一眼，方逢源朝她深深一鞠躬。

「朱導演，冒昧打擾了。我不是劇組的人，很抱歉擅自插手服裝事宜，貴劇組的助理方才都跟我說明原委了，如果能夠幫得上忙，我會盡力。」

朱晶晶露出玩味的表情，和一旁的助導對看了一眼。

「你待過其他劇組嗎？」她問方逢源。

方逢源很快答：「家裡以前是做舞臺劇的，到處打工時也去別的劇場打雜過，但時間都不長就是了。」

朱晶晶又問：「那個腰帶是你設計的嗎？你會做裁縫？」

方逢源說：「三千七百五十二件。」

朱晶晶微愣了下，方逢源又說：「我過去作品的件數。我是R大視設系大二的學生，當初是靠著服裝作品集推薦入學的。不過這數字包含飾品金工和各類配件，不全是衣服。」

艾佛夏在遠處聽得發愣，朱晶晶哈哈大笑，搓起雙掌來。

「看來不用告誡你保密義務的問題了。」她打量著方逢源，「你跟我們的主演艾莫，是什麼關係？」

方逢源望了艾佛夏一眼，低頭抿了下唇。

「只是普通朋友。夏……艾先生曾跟我諮詢一些女裝相關的事情，我盡我所能回答他，如此而已。」

這時Alice在一旁插口。

「您是……男性嗎？呃，抱歉，我聽艾佛夏說，他認識的裁縫師是男性。」

方逢源雖然倉促上場，但打扮依舊不含糊。他穿了件荷葉領公主袖絲質上衣，搭配絨布條紋九分褲，boots in保暖黑色高跟皮靴。為了禦寒，還加了件毛呢排釦立領風衣，頭髮則盤到腦後，整體有種菁英OL的俐落感。

包括大道具組長在內，一排男性工作人員早已看傻了眼，方逢源勾起耳邊落髮時，一旁男助導水壺還掉到地上。

「是，我是男的，很抱歉。」方逢源刻意沉著聲音說。

服裝組的女性們簇擁著方逢源，到道具棚檢視那件破損的洋裝。方逢源翻了外頭，又拉開內裡仔細瞧了片刻。

「布料從中間裂開了，這不是單純縫補能夠解決，得整個重做。有可以攤平紙樣、乾淨的大桌子嗎？」

服裝組的人連忙張羅起來，Alice 問方逢源：「但我們沒帶縫紉機，剛才去下榻的民宿問了，他們只有最陽春的手動式縫車。」

「我自己有帶工具，我看過你們傳來的照片，事先把布裁過，沒壞的地方能頂著用就用，銜接處我會用手縫。」方逢源說。

艾佛夏站在遠處，見方逢源和服裝組的女孩子們一鼓腦地忙碌起來，從進劇組到現在，沒跟他多說一句話、多看他一眼。

本來提議找方逢源過來，艾佛夏也是存著私心，畢竟為了忙拍戲，他和方逢源快一個月沒實體碰過面。

他先私訊方逢源，告知他事情原委。

生不逢源：你這算是工作？還是單純請我幫忙？

艾莫能助：有差別嗎？

生不逢源：當然有差別。

如果單純請我幫忙，恕我不能接受。

艾莫能助：為什麼?!

生不逢源：你們劇組有負責這方面的人，我一個外人插手，還是跟你有私情的人。他們表面不敢

這麼可愛
一定是男孩子

說什麼，內心一定會有疙瘩，我沒理由當那個壞人。

但如果是工作，我願意接。

請先談好價格，並支付訂金，一樣匯我伴遊那個帳戶。

後來艾佛夏只好先自掏腰包，匯了兩千五百塊急件費，才換得方逢源點頭。

艾佛夏站在圍觀人群裡，徐亞莉拿著手持攝影機，悄悄走到他身後。

「你怎麼認識這寶貝的……？」徐亞莉低聲問他。

艾佛夏瞥了眼還在運轉的攝影機，徐亞莉會意，按了關機鍵。

艾佛夏開口：「……說來話長。」

「就是這人，讓你和我哥有矛盾嗎？」徐亞莉敏銳地問。

艾佛夏猶豫片刻，這才「嗯」了聲。

徐亞莉馬上說：「但你應該還沒追到人家吧？」

她見艾佛夏像被刺蝟打到頭一樣，得勝地笑起來。

「這種型的，很棘手啊！乍看之下柔柔弱弱，實則外圓內方，內心有許多自己設定的條條框框，還不容妥協，像你這種隨隨便便的浪子，只怕光踩雷就夠你受的了。」

艾佛夏露出一副「不能再同意妳更多」的敬服表情，徐亞莉又撫著下巴。

「而且感覺很聰明、心思又細，追得太油會被他嫌棄，太疏離他又會自己劃清界限。嘖嘖，我都開始同情你了。」

艾佛夏問：「妳有什麼建議嗎……？」

徐亞莉「哈」了一聲，「就算有也不會告訴你，像你這種沒受過感情挫折的，有個人來磨磨你正好，你就好好享受凡人戀愛的痛苦吧！大情聖。」

她說著還朝他做了個鬼臉，活蹦亂跳地走了，艾佛夏不禁苦笑。

他悄悄走到道具棚後，這邊服裝組已經緊鑼密鼓地縫製起來，Alice 幫著把破損的衣料攤開，其他人幫忙穿針引線、剪裁布料。

方逢源坐在她們之間，他右手拈著針，用唇含了下線頭，左手捉住布料一角，邊和 Alice 討論，邊縫製著手上的布活。

湯元孝站在一旁擔憂地看著，不少工作人員也停下手邊工作，被方逢源細膩而快速的手法吸引，過來棚子附近圍觀。

艾佛夏見他低垂著眉眼，瀏海披垂在那張白皙細緻的臉上，冬日陽光斜斜照進道具棚裡，在方逢源身後投下一道長而雋永的影子。

他望著方逢源彷彿永遠不會回頭的背影，忽覺有些鼻酸。

那股酸勁像是會感染似的，從鼻腔竄進了眼窩，又落下了胃，鑽進心坎裡。

沒來由地，艾佛夏發現自己竟掉起淚來。

他不願被人瞧出破綻，拚命壓抑著。但方逢源似乎感知到什麼，從針線活裡抬起頭來，竟往這裡望了一眼。

艾佛夏忙往陰影裡藏。他站在棚柱後方，一個人吸著氣、抹著鼻子。

啊，原來是這種感覺啊。艾佛夏品味著。

真心喜歡上一個人，真心感受到自己如此喜歡著一個人。

Chapter 12

第 12 章

方逢源不負兩千五百塊的急件費用，在太陽下山前，順利將破損的裙襬盡復舊觀，還把自己設計的腰帶做了精修。

服裝組的人團團圍著艾佛夏著裝，方逢源也親自上陣，為他調整行頭。

「胸線這裡再夾個別針，時間太趕了，來不及收胸。」

「屁股這裡好像有點怪，你看他左邊臀肉，這樣會很像腫一塊，還是腰帶再上來一點？」

「等一下，裙襬內縫好像沒有對好……」

眼見心上人伙同一群女人對著自己肉體東摸西摸，還一臉嚴肅地商議身體缺陷，艾佛夏心情複雜，但此時當然不便表露。

化妝師 Monica 來替艾佛夏做最後的補妝，方逢源在一旁緊盯著艾佛夏的臉，讓艾佛夏心口一陣發熱。

但方逢源卻說：「你都用同一個色號嗎？」

化妝師一愣，方逢源先道了歉，徵得同意後才走上前。

「男性的頭骨形狀和女性有先天差異，眼窩這地方比較深，以大面積刷色的話，會相對黯沉顯凶。我比較建議這裡先上一層遮瑕，這裡和這裡，再分別用兩個不同色號，能把線條修飾得柔美一些……」

他用指尖撫過艾佛夏的眼瞼，和化妝師商討著，後來索性自己接過刷具，熟練地在艾佛夏的臉上比劃起來。

Alice 一群人也過來七嘴八舌，這一番救急，方逢源和服裝組的人似乎建立起革命情誼，阿姨姊姊們都對方逢源興致勃勃。

「方同學你用的是什麼粉底啊，這麼透亮？」

這麼可愛一定是男孩子

「你睫毛好長好美啊，這是真毛嗎？」

「天呀逢源，姊姊可以加你的LINE嗎？我想問你平常都用什麼保養品……」

由於太陽已半沉，朱晶晶便指示先拍攝白樂光和唐秋實離開遊樂園的橋段。為了讓夕陽準確落在兩位演員之間，劇組還準備站臺，把艾佛夏和徐安東兩個墊得高高的，再吊起攝影機，由下往上拍攝。

方逢源覺得有趣。螢幕裡看來是兩人獨處的浪漫場景，實際上底下圍了一大坨人：拿反光板的、開電風扇的、燈光師、化妝師、助導……而身處人堆中的艾佛夏和徐安東竟還能旁若無人，低聲對著臺詞。

他曾以為艾佛夏這個男人，只活在鏡頭前、螢幕裡，某個遙不可及的雲端，而抓在手裡的那些只是幻影，做不得真。

但如今貼近看了，方逢源才發現，原來這人周身的世界並不如想像中夢幻。也是一磚一瓦、一斧一鑿堆砌起來的，和他的世界並無二致。

他碰觸得到這個男人。聽得見、看得到、摸得著。

他能夠得到他。

經過一日的相處，白樂光開始懷疑起男友的內裝。畢竟唐秋實的性格和妹妹天差地遠，一個懦弱鄉愿，一個積極狠辣。

而唐秋實在自己體內，旁觀妹妹與白樂光卿卿我我，心境也產生不少變化。

他發現自己開始吃味，看不慣妹妹用他的身體和白樂光各種親密接觸。

整幕戲最高潮的地方，是妹妹唐秋香在分別前，拉著白樂光告白時，唐秋實硬起來搶回身體主導權，和白樂光吻了個男分男捨。

助理替艾佛夏脫了防寒外套，在控制棚一角的徐亞莉團隊也架起腳架，側拍劇組嚴陣以待的風光。

艾佛夏又補了一次妝，他穿著宛如新製的白色洋裝，戴著寬邊遮陽帽、壓住米色的長假髮，腳下是低跟包頭鞋，彷彿女大學生般清甜可人。

身著休閒男裝的徐安東也準備完畢，爬上高臺。

方逢源和服裝組的人一塊站在控制棚最後方，狹小的棚位被各部工作人員占得滿滿的，所有人的目光，都定在鏡頭前兩名演員身上。

夕陽映射下的艾佛夏美得不可方物，風撫過他的長髮，和修補過的裙襬一同在風中獵獵翻飛。

徐安東伸手撩起落髮的瞬間，導演喊了「Action」。

「樂光～」

艾佛夏面對著徐安東，雙手拉住徐安東的大掌。

「今天謝謝你，我玩得很開心。」

他仰起臉，對徐安東露出甜膩討好的笑容，但徐安東卻神色嚴肅。

「秋實，我問你一件事，你要老實回答我。」

「怎麼了，忽然這麼正經？」

「你……真的是唐秋實嗎？」

朱導演全神貫注地盯著DIT螢幕，只見鏡頭前的艾佛夏愣了愣，強笑起來。

「當然是啊！樂光，你怎麼了，忽然問這種問題？」

「……你以前從不叫我『樂光』，除非是在床上。」

這麼可愛
一定是男孩子

子母螢幕裡的艾佛夏臉色僵了下，但他很快又笑起來。

「我們也交往快滿一年了，總不成一直叫你『白總』。」

「但你之前在公眾場合，從不讓我牽你的手，說是丟臉，今天卻主動挽我的手臂，還餵我吃冰……總之你今天太奇怪了。」

「不奇怪呀！之前是我對你有誤解，才會一直排拒你，但現在誤會都解開了，我是真心喜歡你，想和你永遠在一起。樂光，你要相信我。」

艾佛夏拉過徐安東的手臂，一號機特寫他緊扣的五指，二號機則特寫徐安東猶豫的臉。

「你……總讓我想起一個人，就是你妹妹秋香。你和她越來越像了，要不是她已經過世這麼久了，我會以為現在站在我面前的是她。」

「如果我真是她呢……？」

艾佛夏嗓音陡然一沉，方逢源的心臟也跟著緊縮了下。

那瞬間演員的眼神也變了，變得冰冷而深沉。

「如果當初死的是唐秋實，活下來的是唐秋香，你會愛上她嗎？」

控制棚裡每個人都屏住息，助導對音聲組人員打了聲招呼，所有的燈光、麥克風，一下子全往艾佛夏臉上聚集。

徐安東張開口說「我……」的瞬間，艾佛夏一把扯住徐安東的衣領，側頭狠狠堵在他的唇上。

方逢源禁不住「喔」地低呼了聲，但除了他以外，所有人都鴉雀無聲。

艾佛夏用兩手摟著徐安東的脖頸，風適時地捲過裙襬，在兩人身邊翻成一片白色浪海，夕陽恰如其分地沉到兩人身後，世界有片刻的靜止。

遮陽帽適時地被風捲走，落到遠方草地上。

「Cut！OK了！」朱晶晶喊道。

兩名男演員立時拆分開來。

控制棚再一次忙碌起來，徐亞莉的團隊忙著檢視剛才的拍攝成果，服裝組的Alice拍著胸脯，慶幸總算在夕陽落下前拍完關鍵一幕，助導則低頭確認手上密密麻麻的拍攝行程表，在幾處打勾。

朱晶晶和攝影組確認各鏡頭的狀況後，對著艾佛夏宣布。

「狀況不錯，再拍兩次應該就OK了。」

廣場上的艾佛夏已重新套上防寒外衣，虛脫似地蹲坐在高臺上，用那張明豔的妝容哀嚎。

「啥？還要兩次？剛剛那次我演得很好不是嗎？哪個鏡頭不行？」

這話說得工作人員都笑起來，經過兩個多月緊鑼密鼓的拍攝，演員和劇組熟識起來，艾佛夏的態度也明顯隨興許多。

這人不愧天生的小童星、鎂光燈焦點，方逢源看那些上了年紀的攝影師、燈光師，簡直把他當自家兒子來寵，明明這人都快二十七了。

「你剛才用力太猛，唇膏都歪了跟女鬼似的，安東的臉都沾到你口紅了，你倒自己照鏡子看看！給我去補妝再來過！」

她把滿口抱怨的艾佛夏打發回外景車上，忽然又轉過頭。

「怎麼樣，第一次參與電視劇拍攝的感想？」她問方逢源。

方逢源沒料到導演會cue他，頓時有些怔愣。

「啊，我在想……原來螢幕裡的布料顏色，和肉眼看會差這麼多啊。」

這回倒換朱晶晶愣了一下，隨即哈哈大笑一陣。方逢源不明白她笑些什麼，只得禮貌地等在一旁。

好不容易朱晶晶笑完了，點了根菸湊到唇邊。

「嗯，因為是預定要上OTT平臺的片子，影片品質要求會比較高。4K UHD的解析度和色相都比肉眼來得敏銳，室外和室內光線下的呈色也會有差異。」

方逢源略顯懊惱，「原來如此，早知道應該選暗面的布。還有縫針針孔也拍得很清楚，連重覆拆線的痕跡也看得到。」

他見朱晶晶若有所思地望著自己，忙又補充。

「唔，因為這跟舞臺劇很不一樣。舞臺的話，觀眾和演員有一段距離，以前我們劇團的道具師傅，常常在背臺面用鱷魚夾一夾就了事，但拍攝影片用的道具，感覺連小細節都不能馬虎。」

朱晶晶忽問：「你說你是R大視設系二年級的學生，沒錯嗎？」

方逢源怔愣地點頭，朱晶晶看著螢幕上重覆播放的影片。

「以前我剛出來拍片時，會錄用一些關聯科系的學生，在片場打雜順便學習，算是儲備人才。但後來因為學生太不堪用，才慢慢沒這麼幹。」她對著方逢源眨了下眼，「怎麼樣，別指望艾莫那混小子，跟了我吧？我能帶你去看更不一樣的世界喔？」

拍攝結束後，女演員湯元孝先給經紀人載回去了，臨走前還一再跟導演致歉。工作人員也紛紛收拾道具和器械，往下榻的民宿移動。

方逢源默默收拾一地的布料和線頭時，有人走進了道具棚。

他本以為是艾佛夏，也有預感屁孩會來找他，沒回頭便說：「有什麼事，等離開片場再說吧！我今天是來工作的，夏哥。」

「你都叫他『夏哥』嗎……？」身後的人說。

方逢源嚇了一大跳，他驀地回頭，才發現他身後站著一個身材高大、戴著銀框眼鏡的型男，正是和艾佛夏演對手戲的徐安東。

「安東尼先生……」方逢源連忙起身行禮。

對方保持著兩公尺的距離站定，似乎在打量他。

方逢源是第一次實體見到這男人，大約是身高之故，本人比影片帥，但也比影片有壓迫感許多。

這讓他一下子緊張起來，手裡的殘布一陣扭攪。

好在對方先開了口：「今天多謝你，多虧了你，我們拍攝進度才能即時趕上，方……逢源同學？」

方逢源望著那張溫文儒雅的臉，腦中不由自主地浮現方才螢幕裡，艾佛夏與這人激吻的畫面，只能把視線別開。

「哪裡，安東尼先生您也辛苦了。」

他倉促鞠了個躬，就想轉身離開，但徐安東卻開口了。

「你是艾莫現在的交往對象。」他用了肯定句。

方逢源驀地頓住腳步。

徐安東似乎在觀察他的反應，半晌才開口：「你和艾莫，上床了嗎？」他問。

方逢源沒料到對方問得如此直接，他往外瞥了眼，劇組其他人都在忙碌，艾佛夏在和導演說話，徐亞莉在他們身邊不知調侃些什麼，聊得和樂融融。

方逢源只得答：「……沒有。」

徐安東唇角微微一勾，「我想也是。」

方逢源心底閃過一絲惱怒，但他向來不喜歡向陌生人表露情緒，只得強行壓抑下來。

「我是來這裡工作的，不是來聊天，徐先生。」他說。

但徐安東沒有退縮。

「艾莫他，被女人性侵過。」他忽說。

方逢源愣在那裡，徐安東又朝他走近一步，湊近他耳畔。

「被他的親生母親，就是路蘭女士，不只一次，在巴黎的時候。」

方逢源臉色發白，徐安東仍然保持著頻道影片裡那種溫文儒雅的微笑，伸指推了下眼鏡。

「你看過嗎？路蘭的成名作《梨花海棠》。」他問。

方逢源茫然搖頭，雖然他知道那是路蘭轟動世界的出道作，得了包含柏林影展在內的許多大獎，那年路蘭才只有十六歲。

「那是部亂倫的電影，十六歲的梨華，被她父親和大哥輪流侵犯，最後墜樓自殺，據說是根據真實事件改編的。」

徐安東幾乎貼著他耳殼，壓低嗓音，「就和那電影演的一樣，只是男女顛倒過來。路蘭會把艾莫叫進臥房，替他自慰，直到他勃起射精，再對他做各種她想做的事。」

他唇角微勾、神色淡然，彷彿在講一件極為平常的事。

「這事直到如今，都還影響著艾莫，艾莫被任何女人挑逗時，都會聯想到路蘭，這讓他無法對路蘭以外的女人勃起，因為會勾起那些不堪的記憶。」

他在方逢源身邊坐了下來，語調極其溫柔。

「但艾莫終究還是喜歡女人的，認識他的人都再清楚不過。他這回會想親近你，是因為其恩姊的事又讓他想起路蘭，舊傷被挖開，讓他有了逃避的念頭。但這終歸也只是逃避，等傷痛平復了，他會復原的。

「所以別抱持什麼不切實際的想法，艾莫性子就是這樣，他太懂得怎麼親近人，會讓你產生錯覺，覺得好像被另眼看待了。但其實沒有，他對任何人都是這樣，像小狗遇到新玩具，看對眼了就會衝上去咬玩一陣那般。」

他忽然嘆口氣。

「我是為了你好，才對你說這些話，你還沒到不可收拾的地步，那就還有轉圜餘地，別落得跟某個笨蛋一樣下場。」

方逢源沒說話。徐安東以為他在消化情報，也沒打擾他，起身便要離去。

但方逢源卻叫住他：「徐先生。」

徐安東回過頭來，方逢源的視線卻停在他手上，他主動走近，拉起他的手。

「我剛才看DIT的時候發現的，徐先生的指甲有皺摺，雖然上了指甲油，鏡頭下還是看得出破綻。」

這回換徐安東一臉怔愣，方逢源用指腹按壓著他的拇指指甲，神色平靜。

「您有很多特寫手部的戲，所以很明顯。我猜您可能下廚時，常接觸醋或是洗潔劑之類的化學用品，那會傷害指甲裡的蛋白質，造成凹陷。這瓶護甲油借您拿回去用，下廚前在指甲抹上一層，情況會改善很多。」

他從一旁束口袋裡拿出小玻璃瓶，托起徐安東的大掌，在他驚詫的目光下，用小刷子刷著他的拇指指甲。

「我妹妹她，是安家兄妹的忠實粉絲。」方逢源低聲說：「她每天都會追直播，也很期待這齣戲，如果可以幫得上徐先生您的忙，我妹會很高興的。」

徐安東抿了抿唇，忽然哼笑了聲。

「……你覺得自己很特別，是嗎？」他說。

方逢源頓住動作，徐安東便說：「我見過很多像你這種人，演藝圈內不少，巴黎更多。生來是這個性別，卻硬要扮裝成另一種性別的樣子，以讓人驚訝、讓人錯亂為樂。特別是扮女裝的男人，不知為何都喜歡炫耀，強調自己打扮起來比女人還美，或比女人還懂得打扮。」

徐安東低哼了聲，「但說到底，這不都是男人對女人的刻板印象嗎？」

他望向控制棚那頭的徐亞莉，眼神有片刻的柔和。

「我妹天生就長得比男人還高，打從出生起，她就在跟那些加諸在女人身上的印象奮鬥。她試著不穿裙子，試著留短髮、只化淡妝，她一直嘗試著告訴世人，女演員可以不用嬌小可愛，不必老把自己裝扮得像個公主。」

徐安東從頭到腳打量了方逢源一遍，眼神又變得冰冷。

「但你們這種人，卻拚了命地去複製那些她想丟掉的東西，還自鳴得意。在我看來，簡直可笑極了，也很可悲。」

徐安東說完，也不等方逢源如何反應，逕自離開了道具棚。

方逢源拎著那瓶護甲油，在夜色裡佇足良久。

身後再次傳來腳步聲，這回方逢源沒回頭，只是像具雕像般僵著身體，直到那人走到他身側。

「抱歉，我只是來問你，要不要搭茂山哥的便車？」艾佛夏似乎誤會方逢源的冷淡，揮舞著手說：「我知道你是來工作的，絕不會騷擾你，但這麼晚了，你一個人搭計程車不方便……啊，我不是說你沒辦法保護自己喔，是怕你妹擔心……」

艾佛夏的叨絮戛然而止，原因是他身前的男孩忽然回過頭來，用兩手摟住他的後頸。

艾佛夏還未能反應，方逢源已踮起足尖，朝他的唇貼上去。

他裝髮已卸，現在穿的是休閒衫。方逢源力道甚猛，用兩手扯著他衣領，和上回河邊帶著試探、膽怯的吻不同，充滿侵略性。

艾佛夏很快發現，他竟是在模仿自己方才戲裡的動作。

他腦中一片混亂，但方逢源的唇是如此溫暖、帶著熾熱，他從未在這個冷漠的男孩身上感受到如此熱情。

這讓他驚訝之餘，也無法再保持冷靜，儘管控制棚那頭還有人，停車場也停滿了待出發的外景車，艾佛夏還是回應了男孩。

他單手摟著方逢源的背，感覺男孩的舌尖試圖伸進他的口腔。

演戲時的吻看似激烈，但一般除非導演要求，演員間都有共識，不會做不必要的親密接觸。

他和徐安東吻了這麼多遍，最多也只到唇瓣相觸。

但方逢源似乎不知道這點，艾佛夏感覺他用舌尖舔舐著他的口腔，笨拙而執拗地往裡探尋著、索求著。

艾佛夏隱約察覺到男孩的用意，心底湧起一陣狂喜。

他反客為主地捉住他的後腦杓，將他壓倒在滿是道具化妝品的長桌上。

方逢源依然固執地扯著他的衣領，兩人的舌頭在唇齒間交纏、分開、再交纏，吻得嘖嘖有聲。

直到方逢源氣短，連艾佛夏都呼吸困難，才終於分開。

方逢源喘著氣，他仰躺在桌面上，仰視艾佛夏那雙微顯彷徨的金眸。

「……陪我，耶誕夜那天。」他用堅定的語氣說：「我需要你，艾莫。」

艾佛夏在鐵皮屋門前見到方家兄妹時，有一瞬的訝異。

方逢時難得盛裝打扮。雖是樸素的單色一片裙，但她梳了頭髮、上了淡粉色的護唇膏，還戴了頗為貴婦風的銀項鍊。腳下則是白色低跟圓頭鞋，搭配踝上襪，讓艾佛夏有種看見休閒版方逢源的錯覺。

「哭枵（可惡），這鞋子穿起來痛死了！老哥你平常都穿這種鞋走路喔？」

聽方家妹妹對跟鞋做出和自己相同的評論，艾佛夏不禁莞爾。

他望向一旁的方逢源。男孩穿著全套的黑色銀紋西裝，他身材纖細，西裝長褲貼合著腿形，白襯衫外罩著禦寒用的黑色背心，領口燙得漿挺，腳下是艾佛夏從未見男孩穿過的亮面皮鞋。短髮則用髮膠梳平，貼合鬢邊。

方逢源沒上妝，雖畫了眉毛，但不是平常慣見的柳葉眉，似乎刻意加粗了線條，整張臉看上去陽剛帥氣許多。慣見的耳環、手環和戒指也全都摘了，指甲塗回肉色。

全身上下唯一的裝飾，就只有脖子上那條捕夢網項鍊。

艾佛夏怔怔看著眼前像保險業務員一般的方逢源，車鑰匙險些掉到地上。

「我媽不喜歡我打扮。」方逢源抱著手臂，不自在地別過頭。

方逢時上了艾佛夏那輛保時捷的後座，方逢源則坐副駕駛席。

Chapter 12

耶誕將至，街上四處是節慶氛圍。

全聯門口如往年一樣放了棵兩人半高的耶誕樹，公園的樹上也綴滿燈球，街上隨處可聽見「We wish you a Merry Chrisrmas」。

昨晚方逢源開了耶誕發燒曲的歌回，還秀了「諾亞方糖」的耶誕新皮，得到黑糖佛卡夏三千元的高額斗內。

「……真的只要接送你就行了？不用陪著你見你母親？」

頭號乾爹的嗓音傳進耳裡，讓方逢源驚醒過來。

那日他衝動之下，對著大明星說了「我需要你」。

之後方逢源懊悔了整整一星期，各種風中凌亂，光是想到自家親媽看見國民男神陪同出席家族聚會的情景，方逢源就想找塊豆腐一頭撞死。

但要他反悔說一切都是幻覺，又太對不起熱心的艾佛夏。最後不得已，方逢源在妹妹的建議下，提出讓艾佛夏當司機壯膽的方案，對方竟也欣然同意。

「嗯。謝謝你，夏哥。」他連忙點頭，「那個……開播、沒問題嗎？」

耶誕夜也是《這麼可愛》首集開播的日子，方逢源在外景地時就聽說了，工作人員打算聚在一塊實時收看。

「沒問題，該跑的宣傳都跑完了，朱老師也說今天讓我和 Anthony 休息一天，之前是真的快爆炸了，每天睡不到兩小時。」艾佛夏趁著紅燈伸懶腰，對著方逢源微笑，「比起開播，你的事情重要多了，這可是你的人生大事啊。」

方逢源顯得局促，不若平常自信高傲冷淡的模樣。穿著男人標配裝扮的方逢源，就像是被人扒光了衣服般，連視線也沒跟艾佛夏對上。

這麼可愛一定是男孩子

這讓艾佛夏有些感慨。過去他欣賞方逢源的女裝，但總覺得扮裝只是嗜好，就像領帶顏色，隨時能憑心情改換。

在他心底，還是有方逢源可以交替以男裝和女裝與他相處的念頭。

但如今看男孩的樣子，艾佛夏才領會到，穿什麼衣服、外觀是什麼樣子，對一個人是多麼重要的事。

方逢源穿在身上的，不是造型，不是興趣，更不是什麼癖好。

而是他的靈魂。

方逢時一直在後座打量兩人，「你們兩個，現在在交往了？」

她問了跟當初在鐵皮屋一樣的問題。

「還沒有，小圓說他想再……」

「嗯。」

艾佛夏震驚地望向一旁的方逢源，差點來不及在紅燈前煞車。

「……喔，這樣啊。」聽見兄長的回答，方逢時神情有瞬間的落寞，但她很快又聳肩，「那你搬家時記得跟我說一聲，我想要你那張電競椅可以嗎，哥？」

車子抵達雙方約好的家庭餐廳。這餐廳離法院只有走路一分鐘的距離，許多西裝筆挺、滿臉嚴肅的人坐在桌邊，氣氛特別正經。

艾佛夏把方家兄妹放下車，拉下車窗。

「我在車上等你們，這樣也比較不會被拍到。」艾佛夏戴起太陽眼鏡。

方逢源扯住他的袖襬，艾佛夏怔愣了下，抬頭對上他蒼白的臉龐。

他伸手觸碰他的臉頰，卻發現方逢源的體溫低得嚇人，肌膚微微發顫著。

他猶豫片刻，問道：「需要我陪你進去嗎……？」

方逢源張著唇，沒有出聲，好半晌才搖了下頭。

「有什麼事，都可以發訊息給我。」艾佛夏又說。見方逢源仍然低垂著首，他看了下周圍，快若閃電地頂起他的下巴，在他鼻尖上落了個輕吻。

「去吧，我會一直在這裡等著你的。」他柔聲。

方逢時遠遠便看見張琅久那張充滿喜感的大鬍子臉，她伸高手揮了揮，繼父也很快發現他們。

「小時、小源！這邊這邊！」繼父站起來揮手。

方逢時一馬當先衝了進去，給鬍子男一個擁抱。

「蛇蜇，好久不見了！」

她轉頭對著坐在繼父對面，穿著黑色窄裙套裝、脖子上戴著珍珠項鍊，宛如出席葬禮一般的女性點頭。

「媽也好久不見，身體都還好嗎？蛇蜇說妳懷孕了，知道是弟弟還是妹妹了嗎？」

女子抿了下唇，「男的，醫生說目前為止都很正常。」

她往方逢時身後看了一眼，「逢源呢……？」

方逢源走上前來，他仍然抱著右臂，見到母親也沒有多打招呼，只是用眼角瞄了下女子微微隆起的肚腹。

女子則打量著方逢源西裝筆挺的扮相，表情一瞬間有些複雜。

張琅久在一旁笑說：「你們兩個長好快，特別是小源，電話裡感覺不出來，你變得好帥啊！完全是個韓國歐巴型男了嘛，去東區走一圈，搞不好還會有星探來遞名片呢！」

方逢時立時抗議：「就只誇獎我哥，我人生第一次穿高跟鞋耶！腳都快痛死了，都不稱讚我一下？」

「我們小時本來就一直是小美女了，不需要特別誇啊！」張琅久笑說。

母子倆還是沒人開口，張琅久便說：「快中午了，承安，看要不要先點個餐，否則待會一堆人進來，等餐又要耗時間。」

「……不必了。」

說話的是方逢源，他深吸了口氣，在張琅久意外的目光下直起身。

「不用點我的份，我有話要跟媽說，說完就走，不會久留。」

魏承安看著兒子坐到對面，在懷中摸索片刻，拿出一個陳舊的信封袋，推到自己面前。

「這是什麼？」魏承安總算開了口。

「妳打開來看就知道了。」方逢源生硬地說，視線仍然沒跟母親對上。

魏承安沒有動作，一旁的張琅久便代替她接過信封，撐開封口看了一眼，「小源，這是……」

「離婚協議書。」方逢源說，女子的肩膀微微一顫。

「當初在曼谷時，爸交給我的。」方逢源啞著嗓音，「只要把這個交出去，媽就能夠跟爸離婚，和琅久叔再婚，不需要把我爸弄死。」

張琅久攤開那份文書，果然上頭寫著「離婚協議書」，而在「夫」那一欄，已簽了洋洋灑灑的「方如冬」，「妻」那欄卻還是空的。

「是如冬兄給你的……？」張琅久問他。

方逢源不敢直視母親，只點了下頭，「在他失蹤前一晚，我們有約出去談。」

「你一直拿著這個東西，卻沒有跟我說？」母親挑眉。

方逢源渾身一顫，他似乎被挑起什麼情緒，提高了聲量。

「妳也從來不跟我們說，不是嗎？」

魏承安挑了眉，「不跟你們說什麼？」

方逢源依然別著頭，「很多事，我爸的事、妳跟琅久叔的事，還有你們要把我爸弄死的事……很多事。」

張琅久插口：「我們沒有要如冬兄死，只是走個法律程序。」

他望了眼一旁沒吭聲的方逢時，嘆了口氣。

「會走到這一步，承安和我心裡也很難過。我們都還惦記著如冬兄，也寧願相信他還好好活著，但就像我在電話裡說的，生活還是要過下去。小源，我們總不能永遠都活在過去。」

方逢源還沒說話，魏承安就先插口了：「你要我跟你們說什麼……？」

她嗓音微顫，張琅久從後面摟住她的肩膀，但母親卻似渾然不覺。

「你要我說什麼？說我結婚十幾年的老公，忽然說他想變女人？說他坦承跟我上床很痛苦，要我去跟別人在一塊，忘了他的存在？說我發現兒子跟老公一樣，偷穿裙子出門時，害怕到求神拜佛、求助各種心理醫生，想至少把兒子拉回來，即使如此兒子還是依然故我，甚至怨我、恨我？」

魏承安像是終於潰堤了般，眼淚泉湧而出。她拿了桌上的餐巾紙，壓在眼角上，儘管如此眼妝還是花了一圈。

方逢源看著母親的哭臉，怔然良久，好半晌才擠出一句話。

「……我沒有跟爸爸一樣。」他說：「我並不想變成女人，從來不想。」

「我怎麼知道你想不想？」母親提高了聲量，她眼淚實在止不住，只得吸了吸鼻子，「你和小時不一樣，小時是藏不住心事的人，什麼都寫在臉上。但你不是，你從小就喜歡把心事往肚裡藏，總是裝沒事。莊阿姨沒把你制服晾乾，你也不說，要不是小時跟我講，我還不知道你因為制服的事被同學欺負。」

她說：「你也從來不哭，我是說過男孩子不要常哭，但沒叫你不能訴苦，你什麼都不說，我又不會通靈，哪知道你肚子裡藏了多少委屈？」

「……妳還不是一樣？」方逢源似乎也豁出去了，他直起脖子，「妳也從來不聽我說話，每次都是這樣，我跟妳解釋過很多次，但妳只在乎自己想說的，從來不會去聽我想說什麼、想要什麼。」

「那你想說什麼……？」魏承安開口了：「你到底想要什麼，方逢源？」

「我想要妳愛我！」

方逢源衝口而出。這話聲量甚大，餐廳裡許多客人都往這裡瞧。

而話出口的同時，方逢源始終緊揣著、繃著的那條線，也在那瞬間繃斷了，眼淚滑落方逢源一無粉飾的臉，透出晶瑩的光。

他用手背壓住鼻頭，但酸意不斷上湧，他不願在自家母親面前哭，只能拚命吸著鼻子。

繼父和母親都露出訝異的神色，方逢時拉了他的西裝外套，低喚了聲：「哥。」但方逢源此刻根本沒法看她。

「……我只是、希望妳好好看看我。」他說：「我跟我爸不一樣，我沒有、想變成女生，從來沒有。」

方逢源用兩手壓著眼瞼，抽著氣。

「我一直在跟妳溝通這件事，但妳都不聽，都不相信我。妳要我改，要我不穿裙子、不化妝，妳要我不繼承劇團、要我上大學、要我好好念書，我都聽妳的，也都做到了，通通都做到了。

「我喜歡男的，但妳不喜歡，我就不談戀愛，也不跟人上床，連看片子安慰自己都不敢。我全都照妳的話做了，我一直很聽話，我不想讓妳失望，不想妳只因為我穿裙子，就把我和我爸一起討厭……」

方逢源終於嗚咽出聲。

「但妳還是、不相信我，不喜歡我，不愛我。妳還是覺得，我會和爸爸一樣，妳永遠都不相信我，永遠都不聽我說些什麼……」

他哭得看不清對面的人，方逢時用兩手摟住兄長的背，輕拍他的後腦，方逢源才終於有餘力拭乾眼淚，看向餐桌那頭，那個七年來他從未試著正視過的人。

「我想要妳愛我，想要妳不要討厭我，我想要妳、接受真正的我，媽……」

Chapter 13

第 13 章

Chapter 13

方逢源回到停車場時，艾佛夏正在聽音樂，車內流瀉著〈被喜歡的自信〉熟悉的旋律。

他右手支在駕駛席窗框上，看著朝他走近的方逢源，凝視他通紅的眼角半晌，才開口。

「結束了……？」他問。

方逢源「嗯」了一聲。他手上捏著那個信封，是張琅久交還給他的。

『離婚一定得本人出席，早先知道承安懷孕時，我們就請教過律師了，如冬兄不出現的話，光遞文書是不夠的。

『律師說可以請法官判離婚，但承安不願意，她寧可讓法院宣告如冬兄死亡。因為她說，這是如冬的願望。

『如冬兄名下還有一些財產，承安想讓你們繼承，這也是她想做死亡宣告最主要的原因，她不想讓你和小時過得這麼辛苦。』

「所以你父親……死成了嗎？」

方逢源坐進副駕駛席。方逢時去參觀母親和繼父的新家了，為了即將出生的寶寶，張琅久貸款買下市區的公寓，三房兩廳，打算和母親兩人擇日搬入。

「好像要一、兩個月的作業時間，等判決下來，拿著判決去戶政事務所除戶，我爸在法律上才算是真正死亡。」

方逢源平靜地解釋，艾佛夏看了他一眼，「這樣好嗎？」

方逢源抿了下唇，「嗯，這樣比較好。」

「那你母親呢？」艾佛夏又問：「你跟她和好了嗎？」

方逢源沒有立即回答，他想起剛才用過午餐後，張琅久藉口要去抽菸，在廁所門口攔住他。

『其實如冬兄在失蹤前，不只找過你，也找過我和承安。

『他跟承安談過很多次，承安不是沒有想過，要和如冬兄一起面對這一切。她也找我談過很多次、上網查了很多資料，看到那種手術的困難，還有術後復原的痛苦時，還在我面前大哭，說她實在承受不住。

『比起厭惡，承安更多的是恐懼，她怕你和如冬兄一樣，得經歷那種非人的痛苦，所以才想在能幫你的時候盡量幫你。

『但她不擅於表達，她從以前就是這樣，如冬兄還在時，都是他在替你媽圓場。以結果而言，她也確實傷害了你。

『但我想至少讓你明白，承安她，一直很愛你。你和小時，始終都是她最重要的人。』

「……嗯，算是吧。」方逢源吶吶地說。

「那就好。」艾佛夏淡淡說：「趁人還在的時候和好，才不會後悔。」

方逢源一怔，艾佛夏沒有特別的表情，但方逢源驀然想起徐安東說的那些話。

艾佛夏被女人性侵過。

艾佛夏被親生母親性侵，不只一次。

方逢源想向艾佛夏探尋這件事。但他很清楚，這是艾佛夏內心深處最深的一道裂痕，恐怕比他對母親的陰影還深，還探不著底。

方逢源想觸摸那道裂痕，可以的話，想多少緩解那些傷疼。就像艾佛夏今天陪著他來，給予他力量一樣。

但他不知從何著手，眼前的男人就像太陽一樣，看似熾熱光明，一但伸手觸摸，即使是伊卡洛斯也會屍骨無存，更何況凡人。

「那接下來呢，你有什麼打算？」艾佛夏邊開車邊問：「難得的耶誕夜，有想要去什麼地方過嗎？」

方逢源微微一怔，他本來滿心都是父親死亡宣告的事。現在心中那塊大石放下了，方逢源才意識到今天是特別的節日。

而他正和國民男神獨處，才剛親口承認和對方正在交往。

「唔……但是你、要看播出不是嗎？」

「有網路版本，晚點再下載也可以，不需要實時觀看。」

「但現在狗仔正多吧？去外頭會被拍，遇到你的粉絲也不好。」

艾佛夏瞄了他一眼，「不然去你家裡……？」

方逢源想起房間那一堆直播器材，「……有點不太方便。」

艾佛夏從喉底溢出笑聲。

「那麼，就來我家吧？」他眨了下眼。

這是方逢源第二次踏進艾佛夏的私人寓所。

上回來時，方逢源滿心緊張，且一進門就發生事故，那之後都處在某種雲裡霧裡的狀態，沒能好好參觀。

方逢源參觀了艾佛夏的衣櫃，清一色全是男裝。又進了有按摩浴缸、跟他房間差不多大的浴室，艾佛夏的盥洗臺上一清二白，牙刷也只有一支。

要說有什麼特別的，就是廚房有組刀具，就放在方逢源上次用過的砧板旁，方逢源看見刀座下刻了名字「Anthony」。

「你在查勤嗎……？」

艾佛夏觀察他的動作，抱臂靠在落地窗前笑問。

方逢源臉頰又熱起來，「徐先生他……常來你家嗎？」

「以前滿常的，他住的地方沒廚房，動不動就會說要來我家練習，我也樂得順便解決晚餐。但共演之後就很少過來了。」

雖然知道不妥，但方逢源還是追問了：「徐先生跟你告白過？」

艾佛夏聞言沉默了下，「沒有，他說過他不是gay，巴黎時還跟我前女友交往過，也常抱怨自己老被誤認成gay。」

方逢源這回悶著沒講話，艾佛夏便忽然直起身，走向方逢源。

他本能地想閃避，但轉念又覺得沒什麼好躲的，便硬著脖子不動。

艾佛夏摟住他的背，將他整個人拉近，像孩子撒嬌一樣雙手環在他腰上。

「你剛才說，我們在交往了，這話當真嗎？」他低聲問。

方逢源實在受不住這種近距離的重低音，稍稍別過頭，回想張琅久方才護送方逢時上他的痛車卡車後，還問他要不要一道去新家，被方逢源婉拒。

「也是，那臺保時捷上，還有人在等你吧！」繼父狡黠地笑著，「我剛才去抽菸時，有稍微瞄到一眼，感覺是個帥哥啊！而且那身材也太好了吧？還有氣場，好像什麼大明星一樣。」

方逢源赧然低頭，張琅久忽然嘆口氣。

「……其實我們不在意，你交男朋友什麼的。」他語出驚人，「老實說我們這行，同性戀多到跟山一樣，我都要覺得異性戀才是弱勢了。承安是怕你以女性身分愛上男人，卻又無法得到你所期望的人生，會為此痛苦才反對。」

方逢源微露訝色，張琅久苦笑了一下。

「但看來你不需要她多操這個心，說實話，知道你只是個普通的gay，我們都鬆了口氣。」

方逢源雖對「普通的gay」這說法頗有微詞，但也難掩心情起伏。繼父又看了眼他那身西裝。

「逢時從承安離家開始，每天都會拍你的穿搭，用LINE傳給我們。承安現在每天起床第一件事，就是看你今天穿什麼衣服、化哪種妝，遇上覺得好看的，還會去查品牌。你今天穿這樣來，我們還有點不習慣，都快認不出你來了。」

方逢源睜大了眼，眼瞳深處顫抖著。張琅久把手搭在他肩上。

「下次碰面，穿你原本的衣服來吧！承安和我都是這麼希望的。」

方逢源感到有人挑起他的下顎，他抬頭一看，艾佛夏那張精緻的臉蛋近在咫尺，卻顯得有些模糊。

「……你哭了？」艾佛夏用拇指撫著他下唇，有些驚慌，「怎麼了嗎……？」

方逢源吸了下鼻子。

「不，沒有。我只是忽然覺得，自己真是個幸運的人。」

他仰起頭，落地窗外月光皎潔，透在明亮的大理石地板上。方逢源便踮起足尖，就著相擁的姿勢，在艾佛夏鼻尖上落了個吻。

「要試嗎……？」他問。

艾佛夏愣了愣，「試什麼？」

「你說過，想跟我試試看，好知道自己是不是個gay。」方逢源輕聲說。

艾佛夏難得臉紅。

「我說了，那是我喝醉後講的胡話，當不得真。我不是抱著那種隨便的心情接近你，我是真的喜歡你，很喜歡你……你要相信我，小圓。」

「嗯，我知道。」

看眼前的男人快把心肝肺膽掏出來給他驗收的模樣，方逢源不禁笑了下，同時也有股酸中帶甜的滋味，從心口萌生，在鼻尖擴散開來。

「我也不是隨隨便便這麼說的。我沒跟人談過戀愛，也沒有性經驗，連自慰都沒做過……唔，在你面前的那次除外。」

方逢源嗓子越來越啞。

「我也沒什麼朋友，唯一親近的人只有我妹。所以我、有點不太知道，交往的兩個人之間……和朋友之間、家人之間，有什麼不同，或該怎麼做，才能讓你覺得不同。」

方逢源的尾音都快低到聽不見了，但艾佛夏這方面何等老油條，很快get到圓大老師話裡的真意。

「你是指上床？你願意跟我做愛？」艾佛夏激動地摟住他肩膀。

「也不見得是做愛，或者我們循序漸進，先從……」

方逢源一句話未完，眼前的男人就俯下身來，吻在他的唇上。

不單是吻，方逢源只覺有雙大手急切地鑽進他的襯衫裡，艾佛夏此番瘦了快十公斤，手指更加骨感，摸在肌膚上硬邦邦的，既疼又刺激。

方逢源毫無防備，被那雙不規矩的手攻擊得措手不及，艾佛夏三兩下摸到關鍵處，從裡頭撐

Chapter 13

開方逢源的釦子。

最上頭那顆承受不住，「繃」地一聲，彈落到大理石地板上。

「等……夏、艾佛夏，先等一等……」

方逢源被這突如其來的夏威夷熱浪沖得頭昏腦脹，雖然在挑逗艾佛夏之前，方逢源已做足了心理準備，包括會怎麼被這床下屁孩、床上霸總的男人凌辱蹂躪，都有了一番覺悟。

但實際正面接收小太陽荷爾蒙，小處男還是難以招架。

他將艾佛夏驅離一些，低頭發現襯衫領口已被敞開，耳根不禁發燙。

「別在這裡。」方逢源喘著息，「至少、去臥房……之類的地方。」

艾佛夏沒回話，方逢源只覺身下一輕，竟是被眼前的男人打橫抱起來，骨感的手指捏在他臀肉上，讓方逢源更加燥熱。

他用兩手遮著臉，隱隱約約感覺艾佛夏撞開門，背脊接觸到一團柔軟的東西，料想是床之類的。

方逢源睜開眼來，他是第一次進艾佛夏臥房，上回來時，他身分只是伴遊，也不好意思說想參觀這種私密處所。

只見這房間甚大，一間就抵方府半個鐵皮屋，但裡頭空空蕩蕩的，除了牆上的壁掛電視、茶几上的電子鐘外，大約只餘下中央那張king size大床。

「怎麼這麼空……？」他禁不住問。

「……我平常不睡這。」艾佛夏竟也有一瞬發怔，他用力抹了抹臉，彷彿要驅趕走什麼，「我不習慣睡臥房，都是睡沙發居多，要不就睡在視聽室裡。」

「那帶女人回來時怎麼辦？」方逢源衝口問。

艾佛夏一愣，隨即像是覺得有趣似的，抿唇笑了聲。

「我會去旅店，比如上次和你去的那間，他們老闆認識Mountain，有我專屬的房間，這比把人帶回來家裡安全。」他柔聲說。

方逢源試著回想當初開房間時的情景，但腦子暈乎乎的，根本無法思考。

而眼前的美男神已開始脫起衣服，減重之後，上回見到的那些胸肌、腹肌固然消風許多，但胴體曲線依舊完美。

方逢源的視線掃過艾佛夏的鎖骨、胸乳、人魚線、小腹腹肌……最終停留在腹股溝的位置。

艾佛夏似乎明白他的心思，微微揚唇，刻意慢條斯理地解下休閒褲頭。

方逢源屏住呼吸，看著艾佛夏挺直腰、抹下四角褲，毫不羞澀地展露出那根方逢源只見過一次的太陽神柱。

神柱藏在胯間毛髮裡，雖不到精神抖擻，但已朝著方逢源起立致敬。

這畫面對一個母胎gay來講實在太刺激，方逢源不由自主地摀住鼻頭，心中也暗暗鬆了口氣。

雖然之前幾次肌膚相親反應良好，但徐安東的話還是令他在意，他擔心艾佛夏只是因為他的女裝扮相，才假性自彎。

這時他聽到艾佛夏問：「你想上我嗎？」

「啊……？」方逢源一愣。

艾佛夏把褲子褪到膝間，跪直在情人身前，有些局促地雙手十指交握。

「你不是說，希望我別把你當女人看待，要把你當男人嗎？我問過徐亞莉，你這句話是什麼意思，她說你可能在暗示在床上想做為主導的一方，換言之，就是想上我，還要我屁股洗乾淨等你。」

Chapter 13

他一臉壯士斷腕貌。

「如果你非得這樣才能接受我的話，我可以嘗試看看，只要對象是你就好，說不定對演戲的心態調整也有幫助。」

方逢源露出微妙的神情，半晌竟「噗哧」了聲。

艾佛夏一臉問號，方逢源抹抹鼻子，「不，我只是忽然理解到，為什麼我妹會這麼喜歡亞莉安娜了。」

他伸高雙手，摟住艾佛夏後頸，試探地吻了他的鼻頭。

他唇瓣不停，順著艾佛夏完美的五官線條下挪，吻他的唇，又吻他的頸線。

他感覺艾佛夏視線定在他身上。方逢源臉頰發燙、視線模糊，但他不願停下來，笨拙地用唇滑過艾佛夏的胸腹，在硬實的小腹停留片刻，最終來到胯間。

這東西他服侍過一次，但當時在房間裡，方逢源滿心緊張，腦袋不大靈光，那事進行得如何、怎麼結束的，說實話記憶模糊。

只覺得自己像艘扁舟，隨艾佛夏過盛的荷爾蒙四處漂流。

這回他冷靜許多，他用手握住艾佛夏的硬挺，生澀地含進小嘴裡。

艾佛夏悶哼了聲，濃烈的氣息流進方逢源口腔、竄入他鼻腔裡，加上近在眼前的王字腹肌，讓方逢源有種整個世界，都被眼前男人填滿的錯覺。

他用舌舔舐著莖柱，盡力讓柱身貼合口腔，微調著舌頭，讓柱身進得更深一些，直到頂端埋進喉口，讓他有些難受，才吐出一些，又虔誠地再次吞入。

如此往復數次，只覺口內莖柱越發精神，占滿了他的口腔。

臥房內一點聲音也沒有。只有男人若有似無的喘息，還有唇齒和肉柱交纏時的嘖嘖水聲。

方逢源還打算再接再厲，但艾佛夏的手繞到他腦後，將他拉了起來。

方逢源滿臉迷濛，「夏哥……」他這一出聲，才發現聲音啞得可怕，不禁臉紅。

「夠了，再這樣下去，粉絲們要改罵我早洩男了。」艾佛夏咬牙輕笑。

方逢源還懵懵懂懂，艾佛夏就將他推倒在床頭。

方逢源的西裝襯衫已大開，艾佛夏撫摸他細瘦白皙的肚腹，順勢下滑，拇指挑起他的西裝褲頭，把褲子剝了下來。

裡頭是標準男用四角褲，圓式美學毫不意外。

艾佛夏露出略顯遺憾的神情，「可惜，沒能看到你『原本的樣子』。」

這話說得方逢源又臉紅起來，同時心底又有些觸動。

「這樣也好，脫男人的衣服，容易多了。」艾佛夏又笑說。

方逢源上身是敞開的西服，下身光裸，橫陳在灰色床單上。保養得宜的肌膚泛著水光，眼角帶著淚痕，微開著腿、踮高足趾，而腳上竟還穿著襪子。

艾佛夏的眼神霎時變得濃郁。方逢源胯間物事早也高高挺立，比起艾佛夏不遑多讓，見艾佛夏狼目睨視著那處，本能地又想合腿，卻被他強勢地握住膝蓋。

「不准合上，也不許遮。」他壓低聲音警告：「老是不讓我好好看你，還是要綁起來才會聽話？」

方逢源嚇得不敢擅自移動，但恐懼的同時又有種酥麻感，艾佛夏那些命令的言語，像是電流似地從背頸竄上心頭，小小源也跟著脹痛起來。

艾佛夏彷佛知他心意，在美人腿間俯下身來，竟張口含住他的硬挺。

「夏哥……」方逢源低喃了聲。

艾佛夏抬頭笑道：「只有你嘗過我的，那可不大公平。」

唇瓣再次觸及他頂端，殷勤地吞吐起來。

方逢源這才明白，什麼叫術業有專攻，同樣是口交，艾佛夏的熟練度不可同日而語。

他吞著、吐著，間或吸吮著頂端，還有餘裕用舌尖去搔弄最敏感的鈴口，舌頭也無比靈活，探訪著方逢源每一個從未有人觸及的細節。

小處男完全招架不住，他想推開艾佛夏，但下身傳來的快感又讓他捨不得，只得嗚咽著：「夏哥，我、快要……你不……」

艾佛夏會意，他鬆開唇瓣，伸舌舔去尖端滲出的透明液體，這已經讓方逢源夠害羞了。

但艾佛夏唇舌不停，像在溫泉池邊一樣，握住他白得透亮的腳踝，將他的雙膝折到胸口，在方逢源意會前，溼熱的舌尖已鑽進他最敏感的後穴。

這讓方逢源驚慌起來，扭動著腰，「夏哥、那地方，不行、啊……」

艾佛夏抬首一笑，又故作嚴肅，「行不行是我說的，輪不到你，再囉嗦，我就地辦了你。」

方逢源被懾得一震，艾佛夏也不再多說話，低頭專心服侍那處。方逢源只覺麻癢感從後穴擴散，從身體到心靈，都被傳送上了雲端。

他羞得無法直視艾佛夏的動作，卻又禁不住偷瞄他的眉眼。

這人真的生得很好看。鼻梁、眉毛、帶笑的嘴唇、黑中沾金的眼瞳，恰到好處地排列在那張臉上，令人想一看再看，看上一輩子都不膩味。

煞車，是踩不住了吧？方逢源怔怔地想。

他趁著艾佛夏抬起他的腰，再次摟住情人的脖頸，掌心滑下他頰側。

「夏哥，艾莫。」方逢源恍恍惚惚，對著那張臉呢喃：「……吻我。」

這麼可愛一定是男孩子

艾佛夏的動作戛然而止。
方逢源見艾佛夏直起了身，像剛進房時一樣，注視著床頭空處，身體竟似乎微微發抖。
「夏哥……？」
艾佛夏抱住手臂，彷彿在極力壓抑什麼，眼瞳全是墨黑色，看不見半分眼白。
方逢源內心湧起不祥的預感，正想再觸碰他的臉頰，艾佛夏忽然一掌推開了他，將他推往床頭。
方逢源猝不及防，背脊摔得發疼，一時愣在那裡。
他試著強支起身，但艾佛夏的陰影很快籠罩下來，單手迅雷不及掩耳地握住他的脖頸。
「唔……！」
當初第一次踏進這間屋子時，命懸一線的場景又浮上來，恐懼竄上心頭，方逢源幾乎就要開口喊救命。但他對上艾佛夏的眼神。那雙眸子，此刻毫無光彩，彷彿籠罩一層薄霧，揭不開、也透不著光。
他在那雙眼瞳裡看見自己的倒影，滿是無助與彷徨。
「夏……哥……」方逢源還在掙扎，艾佛夏卻忽然鬆了手。
他將方逢源甩在床墊上，單手掩住了面容，踉蹌退了數步，張著唇喘息。
方逢源扶著脖子，艾佛夏方才並未用上氣力，他還能出聲。
「夏哥？」他試探地問了聲，企圖靠近情人。
「別過來！」
艾佛夏幾乎是用吼的，他眼瞳瞠大，胸膛劇烈起伏，像吸不到空氣那般。
「不要過來……待在那裡別動，聽見沒有！」

Chapter 13

方逢源全身僵住。艾佛夏的反應讓他想起炎上的影片，和艾佛夏熟起來後，方逢源便不再刷那些桃色新聞，也未曾點開過那個影片。

只因艾佛夏在影片裡的聲音，那種聲嘶力竭的絕望感，讓他不忍聽第二遍。

方逢源拿被子遮住身體，不放棄地緩步接近，但艾佛夏像是全然失去理智般，他退到牆邊，伸手抓了床頭電子鐘，竟往方逢源扔去。

「我說了不要靠近我！」他吼著：「妳為什麼就是不聽我的話？為什麼老是要誘惑我？賤女人！」

「碰」地一聲，電子鐘砸在方逢源背後的牆上，零件碎了一地。

方逢源渾身顫抖，過激的言語，搭配赤裸裸的暴力，衝擊力驚人，方逢源只覺心臟一陣扭攪，幾乎窒息。

他想就這麼奪門離去，逃離那些可能傷害他的言語，逃離這個很可能傷害他的人，從此再也不要回頭。

但方逢源知道不行，他已經逃了太久、太多次，逃了一輩子。

唯獨這次，他必須留下來。留在這個人身邊。

「……夏哥。」

他又喚了聲，不再接近艾佛夏，只在床邊緩緩蹲下。

艾佛夏用兩手環抱著膝蓋，蹲在牆角，把自己縮成一顆圓球。這模樣讓方逢源有種似曾相識感，他放鬆下來，恐懼也去了大半。

「聽得見我的聲音嗎……？」

方逢源善用他的天賦，換了低沉柔和的聲線。

良久良久，方逢源才聽見對方回應。「……嗯。」

方逢源盡可能放軟聲音，「我是誰？」

對方用牙咬著拇指指甲，好半晌才答。

「……方逢源。」

方逢源大著膽子，膝行爬向角落的男人，就如同許多年前，憂心如焚的方逢時帶著老師們衝進教具室裡找他一般。

他伸出手，回想著方逢時當年的作法，先撫了艾佛夏的額髮，一次、兩次、三次，許多許多次，直到艾佛夏鬆開拇指，用空茫的雙眼凝望著他。

「小圓……」艾佛夏的嘴唇猶自哆嗦著，「小圓，對不起，我……」

方逢源捧住他的臉頰，思忖片刻，與他鼻尖相抵。體溫透過相觸的肌膚，流淌進彼此體內，讓兩個人都平靜不少。

方逢源感覺艾佛夏的顫抖逐漸平息下來，呼吸也變得安穩。

兩人都還一絲不掛，方逢源便鑽到他身側，和他一起縮在牆邊，兩人同蓋一條毯子，膝靠著膝、臀挨著臀，肌膚緊緊相依。

艾佛夏始終沒出聲，方逢源便唱起了cover曲。從〈我要我要我要勇敢做自己〉開始，唱到〈被討厭的勇氣〉、〈被喜歡的自信〉。

「我曾以為/我沒有被愛的資格/我曾認定/戀愛都是那些/被神眷顧的人們/才能享有的福利/以為愛情/是不會降臨的奇蹟

「但我遇見了你/在那場令人窒息的大雨中/聽見你的聲音/在恐懼砌成的黑暗裡/我開始/有了被人喜歡的/自信……」

他唱完了一輪，又唱另一輪，就在艾佛夏的身邊、在他耳際。

直到他聲音啞了，便靠在艾佛夏身上，與他一同沉沉睡去。

彷彿接力似的，窗外響起了熟悉的耶誕歌曲，持續了一晌。

《這麼可愛竟然是男孩子？》首集播映，獲得了廣大的迴響。

OTT串流平臺在短短三天內，觀看時數便突破了六十萬小時，是同類戲劇的top one。電視平臺收視率在巔峰時段達到百分之二，更是深夜劇前所未有的創舉，更別提題材還是BL。

播出日因為正值深夜，又逢耶誕佳節，SNS上還算克制。

但隔了一個週末，各種討論串、切片和截圖便蜂湧而出。Dfool的戲劇板和BL板爭相大洗板，惹得板主限制一天最多十串，卻還是擋不住粉絲的熱情。

@GoodbyeWorld（5分鐘前）：你們看了嗎？《這麼可愛》的艾佛夏也太萌了吧！本來以為這麼壯的男生演受會很奇怪，結果我竟然吃得下！

@INEEDdiET（5分鐘前）：他是不是瘦超多的啊？你看那個小腰腰，啊嘶～

@GirlsMeetBoys（5分鐘前）：女裝呢？什麼時候可以看到海報上那個女裝？

@CPKitchen2（5分鐘前）：安東愛夏一生推，各位我要再去刷十遍茶水間了！

還有粉絲在網路上發表了長篇大論。

「看到艾佛夏飾演的唐秋實，內心充滿感慨。當初在記者會看到他描述事發過程時，雖然心疼，但又覺得沒能幫我推平反什麼，畢竟不舉是事實，多數迷妹就是想看到帥氣又強勢的小太陽。

這麼可愛
一定是男孩子

「但這次追了《這麼可愛》首播，看到他這麼敬業地被另一個男人壓著親，一點扭捏或是丟臉的感覺都沒有，還有在安家頻道的花絮裡，看到他為這齣戲瘦了整整九公斤，真心覺得粉上這麼美麗又努力的男人太好了。」

劇組士氣也大受鼓舞，雖然拍攝進度吃緊，安古蘭還是大手筆地請了全劇組和牛燒肉便當。

但主演卻在播出隔日的拍攝日，忽然向劇組請了假，原因是身體不適。入院檢查後，醫生建議至少在家休養一週。

經紀人韓茂山親自到場致歉，和朱晶晶說明原委，負責拍攝排程的助導只得把徐安東和湯元孝個人戲分先往前挪，整個劇組都籠罩在不安的氛圍下。

時節進入冬季，農曆年關也近了，製片方希望在年節前趕拍完全劇六集，因此正月劇組也不得閒。

冬至過後，導演朱晶晶身邊卻多了個人。

他身著窄裙套裝，透膚黑絲襪搭配高跟鞋，頭髮像上回一樣高高盤起，戴著雍容穩重的珍珠髮夾，耳環也是同款，妝容整齊而甜美。被朱晶晶帶著到劇組前時，男性工作人員都停下手邊工作。

「這是方逢源，你們不少人在外景時應該跟他見過面了，你們可以叫他小圓。以防萬一先說一聲，他是男性，是R大二年級的學生，主修視覺設計，今後直到拍攝結束為止，他都會在片場跟著我實習，你們儘管使喚他打雜沒關係。」

方逢源局促地深深一鞠躬。

上回在外景地，朱晶晶對方逢源提出邀約時，他還以為導演在開玩笑，只禮貌地表示那是他的榮幸。

但過沒多久，方逢源先是接到助理的電話，詢問他方便開始實習的日期。然後是製片公司的人資寄電子郵件來，要求他提供基本資料及連絡方式，劇組庶務則詢問他的交通方式、用餐習慣等，方逢源才驚覺大導演竟是認真的。

他把這事告訴方逢時，方逢時異常興奮，『所以你要出道了嗎?!』

『什麼出道，只是到劇組打工而已，時薪還只有七十塊。』方逢源嘆氣。

『但可以見到安哥本人，對嗎？』方逢時激動地捏著他的手，『喔賣嘎，你有機會要幫我多握他的手，這樣我握你手時，四捨五入也算是跟他握手了！』

方逢源心情複雜，徐安東在外景地時那番話，到現在還猶言在耳。

他再遲鈍，也感覺得出徐安東對他有敵意。

而原因，有九成九是因為艾佛夏。

雖然這兩人的過去他不清楚，但這人對艾佛夏有著奇妙的獨占欲，還有某種扭曲、分不清善意還是惡意，盤根錯節的情感。

但看妹妹如此狂熱，方逢源也不忍心戳破粉紅泡泡。

他想起艾佛夏那番話，『沒有比粉絲對藝人更脆弱、更虛假的愛了。』

Alice 過來跟方逢源打招呼。這段期間方逢源和她們保持 LINE 連繫，一群女生外加一名少年，聊彩妝、聊保養、聊美食，都有種相見恨晚感。

方逢源一邊和她們寒暄，望向導演椅旁空著的主演位置，有些怔然。

耶誕夜那晚，方逢源一覺醒來，發現艾佛夏已不在身邊。

他扶著蓋在身上的毛毯，聽見視聽室方向傳來人聲，便懷著忐忑的心情，踮著足趾走了進去。

艾佛夏背對著他、赤裸著上半身，斜靠在視聽室的懶骨頭上，一手支在膝頭，拿著搖控器。而投影螢幕上正播放著某部電視劇，有個面容極美、身著警服的女子，委頓在另一名男子懷抱裡。

劇情似是演到女警中了男子的子彈，即將失去生命。女警唇角淌血、眼神迷離，而男子摟著她痛哭失聲。

影片裡的女警和艾佛夏五官相仿，輪廓又更深邃一些，帶有某種勾人心魄的魔力，和女裝海報裡的艾佛夏有六成神似，正是艾佛夏的親生母親路蘭。

「……她真美，是嗎？」艾佛夏嗓音沙啞，視線依然不離螢幕裡的女人。

方逢源認出這戲是《女警捉迷藏》，就是現在熱播的《惡警捉迷藏》原劇。

他在網上看過劇透，飾演女主角菜鳥女警的路蘭，最後發現殺父仇人就是她心儀的警察學長，卻怎麼也下不了手殺他報仇，最後選擇死在情人的槍下。

「我……看過很多次，路蘭死亡的樣子。」

艾佛夏在影片播映的餘影間，啞著嗓子說著。

「她很常演悲劇，我看過她各式各樣的死法：自殺、被掐死、被鬼害死、病死、跳樓摔死……大概是因為看過太多次了，當初去認屍時，還有點分辨不出來，這究竟是我媽演的另一場戲，還是真的。」

他神經質地笑起來，方逢源不敢吭聲。

「知道我媽自殺那天，我逃走了，從片場逃走、從鏡頭前逃走，這是我第一次這麼做。

「那時候我還住在宿舍裡，我躲進宿舍公用播放室，把門鎖起來，拿了我收藏的，路蘭全部的作品集，在播放室裡一集又一集地看著……

「我一直看、一直不停地看，看了三天三夜。小圓，你知道嗎？我第一次看到她，就是在螢幕裡，對我來講，她就是活在這片螢幕後的人。我那時候就想，如果這樣一直播放下去的話，我媽是不是就能永遠存在？」

他操弄著手中的遙控器。

「她怎麼可能不在了呢？你看，即使她現在倒在那裡，流了這麼多血，只要我按下倒轉鍵，或是放另一片DVD，她馬上就能活過來了……」

他雙手掩住面頰。哽咽中，帶著某種方逢源無法解讀的恨。

「她怎麼可能就這樣死掉？怎麼可以……？」

Chapter 14

第 14 章

這天晚間拍攝白樂光的獨幕劇。劇本來到第四集末尾，白樂光察覺唐秋香附身唐秋實的事，想逼唐秋香坦白，並交還唐秋實的身體。

正巧白樂光的母親，財團「天樂」的執行長，最近頻頻逼白樂光成婚，還安排合作財團的千金與他相親。

白樂光以自己有正經交往對象為由，拒絕母親提議，母親就提出想和唐秋實見面的要求。

白樂光本來不願，但一想這是逼走唐秋香惡靈的好機會，便告知唐秋實，希望他扮成女性和母親見面，好蒙混過關。

唐秋實起初萬般不願，但妹妹認為若無法搞定白母，白樂光很可能會被別的女人搶走，堅持要唐秋實赴這場鴻門宴，懦弱的哥哥也只好屈從。

攝影棚內，徐安東坐在總裁椅上，演出和母親以電話交談的獨幕劇。

「我知道，媽，但是秋實他不喜歡陌生人……不，我不打算跟他以外的人結婚，妳死了這條心。」

「好，晚宴我會去，也會帶秋實過去。但媽，妳要答應我，晚宴過後，就得正式承認我和秋實的關係。」

徐安東手邊的衣架上，懸吊著一件豔紅色的晚宴服，那是預定由唐秋實穿上赴宴的女裝，也將是艾佛夏最盛重的一次扮裝。

方逢源讀過劇本，唐秋實在晚宴上被白母羞辱，被酒水潑了一身溼，回房間更衣時，在走廊上和白樂光起了衝突。

唐秋實坦承先前與他發生關係的，都是妹妹唐秋香。並賭氣說自己一點也不愛白樂光，要他放自己走。

白總裁在盛怒之下，直接對唐秋實暴力相向。

這麼可愛一定是男孩子

原作的白樂光把人用手銬銬在床頭、用布塞住嘴巴，把女裝扒得精光，苦幹實幹到宴會結束。電視劇雖然不可能照演，但也是至今為止最劇烈的一場動作戲，方逢源看攝影本上密密麻麻寫了幾十個鏡位，有點擔心以艾佛夏現在的狀態該如何應付。

服裝組的人聚在一起討論晚宴服配飾問題，方逢源看到韓茂山在遠處掛斷了電話，朝攝影棚外走去。

方逢源從後追了上去，「韓先生。」

韓茂山回過頭來，看見是他，露出複雜的神色。

「那個，夏哥……艾佛夏先生，狀況還好嗎？」他問道。

韓茂山歪了歪唇，「你怎麼不自己問他？」

艾佛夏自從那晚後，就拒絕與他見面。方逢源打他私人手機，艾佛夏也不接，只在深夜時回了訊息。

艾莫能助：暫時別管我，讓我一個人靜靜。

　是我不對，明知道自己有這毛病，還接近你。

　我沒有愛人的資格，也沒有愛你的資格，小圓。

「……至少他還會回你訊息。」韓茂山深宮怨婦般碎念了句。

「韓先生……跟著夏哥很久了，是嗎？」方逢源試探著問。

他瞥了棚內還在補妝的徐安東一眼，又壓低嗓音，「夏哥在巴黎的時候……夏哥和路蘭女士的事，韓先生知道些什麼嗎？」

韓茂山望了他一眼，臉上滿是憂鬱。

「跟我來吧！」他說。

Chapter 14

方逢源懷著不安的心情，跟著那個偉昂的背影，到了攝影棚樓頂。

韓茂山走到鐵網旁的長椅邊上，凝視遠方都市風景，方逢源不敢太過靠近，只站在後頭離他一步之遙。

「Averson 跟你發生關係了？」他忽問。

方逢源抿了下唇，「我非回答這種問題不可嗎？」

韓茂山臉露歉意。

「抱歉，因為 Averson 很久都沒跟人這麼親密了，自從蘭芝……自從他母親過世後。」

他在長椅上坐下，見方逢源杵著沒動，便拍拍身邊的位置。他人高馬大，兩人座長椅被他占了三分之二，方逢源只得縮著身體，在另一頭邊角坐著。

「Averson 很敬愛蘭芝。」韓茂山說：「雖然他沒有明說，但我看得出來，那是一種……兒子對母親，還有演員對演員之間的，某種羈絆。」

「但路蘭強迫過他，是嗎？」方逢源衝口而出，「她強迫夏哥做他不願做的事，以母親的身分。」

韓茂山的神色一下子陰暗下來，「……是 Averson 跟你說的？」

方逢源沒有回答，韓茂山就當他默認了。

他猶豫良久，這才吐了口長氣。

「Averson 的父親，導演艾嘉，是個天才。他在專業上，有著誰也無法挑剔的才華，任何人只要跟過他導的戲，都會被他的才能給震懾。」韓茂山閉了閉眼，「但在專業以外的地方，艾嘉他、是個毋庸置疑的人渣。」

這麼可愛一定是男孩子

方逢源沒想到他會用如此激烈的言詞，一時不敢吭聲。

「艾嘉導演的成名作，異色電影《梨花海棠》，主演就是艾佛夏的母親。」

方逢源微微一顫，徐安東那番話又浮上心頭。

「那年艾導二十九歲，在業界算是年輕，這部戲又是極具爭議性的題材，拍攝期間就惹來很多麻煩。製片本來想找成年人來演女主角梨華，但艾嘉在試鏡時見到蘭芝，就堅持要用她。」

當時孫蘭芝還是素人，剛滿十六歲正值花樣年華，也沒拍過床戲。導演艾嘉一手提拔她，一步步教她演戲。

事實證明大導演眼光獨到。路蘭在那齣戲裡表現驚人，清純的蓓蕾，在男人身下開出了最淫豔美麗的花朵，那種反差魅力任誰都無法抵擋。

《梨花海棠》不但大紅，得了大獎，連帶把主演也帶上了演員的紅毯路。

那之後路蘭出演了好幾齣艾嘉的戲，兩人日久生情，在艾嘉三十二歲、路蘭二十歲那年結為連理，這是坊間流傳的一般版本。

「艾嘉引誘了蘭芝，把未成年的她、騙上自己的床。」韓茂山嘆氣，「我曾受蘭芝所託，帶她去私人診所拿墮胎藥，那年蘭芝只有十七歲。」

「後來他們一直有發生關係，蘭芝至少流產了三、四次。一直到她二十歲那年，因為拍戲太忙，兩人都沒發現懷胎的事，等察覺時已經太遲，只得把孩子生下來，並公布婚訊……那個孩子就是Averson。」

方逢源不禁怔然。方媽二十二歲便生了方家兄妹，還經常說後悔太早生，如果不是有了他們，她的人生可以更多采多姿云云，沒想到艾媽更勁爆。

「蘭芝始終不大願意親近Averson，她把自己投身在戲劇裡，像是要忘記自己曾生產過一樣，

Averson小時候幾乎都跟著艾嘉，還有保母。」

艾佛夏十四歲、路蘭三十四歲那年，女演員路蘭的精神狀況出了問題，不得不停止所有拍攝活動，回巴黎娘家休養。

艾嘉認為與兒子相處，可能對路蘭精神狀況有幫助，恰巧艾佛夏的年紀也到了童星轉換期，便把艾佛夏送到法國，讓他一邊念書、一邊照顧母親。

「艾嘉在蘭芝生產前，就會毆打她。」韓茂山說：「其實導演本就常打人，他在片場非常凶，工作人員做錯事都會被他用東西扔，我也被他扔過熱水壺。」

兩人老夫少妻，艾嘉對自己的外貌頗為自卑，加上路蘭常和共演男演員傳緋聞，讓艾嘉對她看管更嚴，動輒禁足她。

路蘭若是不從，他就拳打腳踢，且往往痛毆之後，再加上性行為，非把路蘭折磨到無力反抗不罷休。

「路蘭女士沒有求救嗎……？」方逢源問。

「她是女演員，盧其恩的事你也看見了，這種事情一但公開，男方可能被懲罰沒錯，但女方的演藝生涯也會一併完蛋，她不想冒這種險。」

「夏哥知道自己的母親……被父親家暴嗎？」方逢源又問。

「艾嘉導演是非常注重面子的人，在人前對蘭芝總是呵護有加，他和蘭芝差了十二歲，外人看起來，就像大哥哥寵小妹妹一樣。」韓茂山嘆了口氣，「對Averson而言，艾嘉也是完美的父親，應該說，他希望在兒子面前維持這樣的形象。」

路蘭搬回巴黎娘家，與導演分居後，艾嘉還是會時不時突襲路蘭的寓所，以檢查她是否與其他男人有染。

這麼可愛
一定是男孩子

路蘭住的公寓有壁爐，是巴黎傳統公寓標配，壁爐旁有支撥火用的鐵撬，導演只要發現蛛絲馬跡，哪怕浴室裡一根頭髮也好，也會拿那根鐵撬痛揍嫩妻。

艾嘉大多挑艾佛夏上學時來訪，年少的艾佛夏只知道母親經常受傷，尚不知道箇中玄機。但某次放學後，艾佛夏忽然急叩了當時是路蘭貼身經紀人的韓茂山，要他立即過來，電話中還帶著泣音。

韓茂山以為路蘭出事，開著車十萬火急地抵達寓所，卻發現艾佛夏蹲坐在門前的階梯上，環抱著膝蓋，用牙齒咬著指甲。

韓茂山見他滿手是血，竟是咬得手指破皮，卻渾然無所覺。

寓所上頭亮著燈，隱約傳來嘈雜聲。而庭院裡停了一臺車，是艾嘉導演慣開的那臺雪佛蘭。

『茂山哥，帶我走好嗎？』艾佛夏說：『去什麼地方都好，快點！』

韓茂山隱約猜到發生什麼，確認路蘭平安後，便先載著艾佛夏回到自己家裡，讓少年洗澡，為他包紮傷口。

艾佛夏換穿衣服後便窩在沙發上，用毛毯裹著身體。韓茂山本以為他睡了，但湊近一看，才發現他圓睜著眼，盯著室內一角，嘴裡喃喃自語：『賤女人，妳這個不要臉的賤女人……』就這麼持續了一整晚。

「艾嘉很常罵蘭芝『賤女人』，那是他的口頭禪。」韓茂山說：「只要蘭芝不順他的心，或和哪個男人親近點時，他都會這麼罵。」

「所以夏哥他……親眼看見了嗎？艾嘉毆打路蘭？」方逢源問。

「多半是的。」韓茂山神色嚴肅，「在那之後，Averson 就很少主動說要見艾嘉，當然人前還是給面子，但我感覺得出來，有什麼變了。」

這事過後沒多久，韓茂山便發現，路蘭和青春期的兒子，竟似睡同房。

某個五旬節假期的夜晚，韓茂山提著食材進屋，看見全身赤裸的艾佛夏，從母親臥房裡走出來。

他下身只裹了一條浴巾，上身溼漉漉的，鎖骨有明顯的吻痕，看見韓茂山，人來熟的他卻一句招呼也沒有，只是眼神空洞地走進浴室，沉默地沖起澡來。

韓茂山注意到方逢源有好陣子沒吭聲，便問道：「怎麼了……？」

「啊，不，我只是……有點震驚。」方逢源回過神來，「夏哥和路蘭女士，是親母子不是嗎？母子的話、再怎麼樣都……」

當初聽徐安東爆料時，方逢源還抱持著萬一的希望。想徐安東或許是誤會了，實則艾佛夏母子只是親近一些，怎麼樣也不該到那地步。

但如今聽艾佛夏視若親父的韓茂山親口說出來，方逢源只覺有隻大手伸進他胸口、抓住他的心臟，令他連呼吸都困難起來。

「……當初我發現這件事時，也跟你一樣震驚。」韓茂山語氣複雜，「我問過Aversen，是否需要我的協助，需要的話長期借住我家也無不可，也問過他要不要告訴艾嘉導演。」

『不！絕對不行！』艾佛夏當時異常激動，扯著韓茂山衣角，『絕不能……絕不能告訴我爸，不能告訴任何人。求你了，茂山哥，我沒有事的。』

「我後來想，蘭芝會這樣對待Aversen，十之八九、是為了報復艾嘉。」

韓茂山今天數不清第幾次嘆氣。

「證據是每次艾導演來訪後，Aversen都會被叫去蘭芝臥室裡，隔天Aversen就會請假，要不就是和徐安東去鬼混、失聯個兩三天。蘭芝知道艾嘉對這兒子視若珍寶，她無法反抗導演，便把氣都出在他們唯一的兒子身上。」

方逢源暗忖難怪徐安東會知道這些事，也難怪艾佛夏會如此恐懼「臥房」這個意象，怕到連睡在裡頭都不敢。

「韓先生……喜歡路蘭女士嗎？」他忽問。

韓茂山顯然嚇了一跳，「為什麼這麼問……？」

「只是有這種感覺，抱歉。」方逢源忙說。

「我和蘭芝，只是經紀人和藝人的關係。」韓茂山說：「我接她貼身經紀人時，年齡只比她略長，她精神還正常時，其實人挺隨和的，只是常有些突發異想的行徑，得讓人跟前跟後照看著。」

「像夏哥一樣嗎？」方逢源問。

「Averson和蘭芝才不一樣，他們兩個沒有半點相像的地方。」

韓茂山立即哼了聲，方逢源卻沒說話。

他停頓片刻，又問：「夏哥他會有那種……突發的暴力行為，跟路蘭對他做的事情、有關嗎？」

「我有問過Averson很多次，但他……對這話題非常抗拒。」他瞥了方逢源一眼，「你應該也發現了，只要提到蘭芝的事，一般閒聊也就罷了，要是男女相關的事，Averson就會失控。」

「我帶Averson看過不少心理醫生，大多數醫生都說，Averson是親眼看到父親對母親施暴，父親是他崇拜的人，他無法接受父親做錯事，潛意識藉由模仿這種行為來平復挫折，還說很多家暴家庭長大的男孩都有這種傾向。」

韓茂山看著夕陽漸落的遠方。

「但這無法解釋Averson對蘭芝的態度。要說模仿，Averson對蘭芝一直很好，即便她做了那種事，也不曾看過他表達出一丁半點的恨，更別提暴力相向。」

方逢源聽得出神，半晌喃喃：「夏哥會不會，只是想要愛路蘭？」

韓茂山一怔，方逢源便說：「他親眼看見母親被施暴，覺得母親不被父親所愛很可憐，但他卻什麼也幫不上忙……他唯一能夠做的，就只有代替父親，去愛自己的母親。」

他眼眶不由得漲紅，想起艾佛夏詢問他是否和方媽和解時的語氣；還有他說想向方如冬說「我愛你」時，艾佛夏那瞬間的眼神。

韓茂山怔然聽著方逢源的剖析，他低下頭，第一次正視方逢源的臉。

「我見過很多像你這樣的……人。」韓茂山語帶保留，「她們都想要救Aversоn，也都以為自己救得了Averosn。像是盧其恩，她一直認為，即使蘭芝帶給Aversоn的傷再深，她都能夠跨越這些，成為他心中特別的存在……但她的下場你也看見了。」

「我也一直認為，以那傢伙的狀況，不談感情，對他，還有他未來的對象，都會是比較好的選擇，所以才希望你踩煞車。」他苦笑，「但看來，這煞車是踩不住了，是嗎？」

「……煞車踩不了，那就踩油門吧！」

方逢源說，對上韓茂山訝異的目光。

「有人跟我說過，速度夠快的話，就能夠到任何想去的地方，實現任何願望。」

他說著，起身朝韓茂山深深一鞠躬，踏著高跟鞋快步離去了。

女演員盧其恩透過所屬的悅聲公司，發表了記者會的消息。

這麼可愛
一定是男孩子

記者會預定在二月下旬，那天也是《這麼可愛》最終集預定播出的日子。經紀公司表示詳細內容不便透露，但會針對先前艾佛夏的諸般說詞做回應，並表示會提出確切的證據，以證明旗下藝人並沒有說謊。

這讓一度冷卻的男神醜聞再次沸騰起來，多數網友都在猜測Ruka會出什麼招，Dfool還開了賭盤，賭這對國民怨偶世紀之戰誰勝誰負。

艾佛夏再度回到片場，是元宵過後一週的事。

這期間，《這麼可愛》又陸續上架了第二集和第三集，最後劇情停留在唐秋實和白樂光在遊樂園門口擁吻的場景上。

艾佛夏的女裝出演掀起前所未有的討論熱潮，各大影評論壇、異色文創論壇，乃至於專門評比電影戲劇的YouTuber，都爭相為這齣戲做了專題。

推特上艾佛夏和安東尼的同人圖文滿天飛，粉絲還替他們起了個CP名叫「安東愛夏」，方逢時喜接一堆H圖糧委託，發了筆順風財。

@OhAverson（2分鐘前）：雖然沒辦法原諒他罵賤女人，但看到他被白樂光這個渣男欺壓，還為了妹妹拚命忍耐的樣子，有點感動。

@Respect87（2分鐘前）：艾佛夏陽痿，但他演的戲讓我起立了……不我是說肅然起敬。

@EatCargo777（30秒前）：《型男主廚》什麼時候要再開播？想聽艾主廚講他演戲的心路歷程啊！

相比於《這麼可愛》的火熱，同期間開播，由悅聲公司下重本投資的《惡警捉迷藏》，收視率卻開了個大暴死。

主要原因出在主演的男演員身上，許多觀眾覺得他與徐亞莉不般配。

「還是習慣看童星組對戲。」

除了演技生澀外，還有許多與路蘭相關的意見。

「前作《女警捉迷藏》，是部披著愛情偶像劇糖衣，實則內裡極為悲傷的自我追尋劇，也只有路蘭演得出那種在崩潰和救贖間反覆橫跳的絕望感，現在的年輕演員完全不行，讓路蘭的兒子來演可能還好一點。」

知名影劇公司找上安古蘭，說務必讓艾佛夏出演來年某部LGBT電影的主角。《型男主廚到你家》的製作人也連繫了韓茂山，希望在年後重啟節目。媒體也以「東山再起」、「走出低潮」來報導艾佛夏。

艾佛夏向所有工作人員慎重致了歉，還自掏腰包，讓韓茂山買了一人一盒水果禮盒做為賠禮。

這天下午預定拍攝的，是白家晚宴的重頭戲。

棚內搭設了迴旋梯和水晶燈的大廳布景，一旁則是飯店房間的長廊景，唐秋實和白樂光將在此處上演大攤牌的戲碼。

方逢源被派去協助處理徐安東的衣裝。從上回外景結束後，方逢源便沒跟他說上話，即使在棚內遇見了，也裝作沒看到彼此。

不同於被眾人捧在掌心的艾佛夏，方逢源覺得徐安東這人，縱使才華洋溢，臉也長得很帥，總是客客氣氣，且任勞任怨，不像艾佛夏動不動就鑽空子。

但就是有種疏離感，彷彿自帶一層薄膜，讓人很難真正理解他、親近他。

雖然形態不同，方逢源覺得這人跟自己有點像，即便他不願承認這一點。

方逢源替徐安東穿上燕尾服內搭的襯衫，瞥眼見徐安東的指甲齊整許多，沒了皺摺，還泛著松脂油的光澤。

他內心閃過許多念頭，卻不敢形諸於口。

倒是徐安東先開口了：「你和艾莫之間，看來不大順利……？」

方逢源不動聲色，裝作專注在工作上。

「難怪了，這幾天艾莫都往我家跑，還帶了行李過來小住，我還想他是怎麼了，原來是在躲你。」

方逢源動作一滯，這幾日他確實發訊問過艾佛夏，想去寓所探望他。但艾佛夏不是置之不理，便是顧左右而言他。

他心頭亂成馬蜂窩，只能盡力不讓徐安東看出端倪。

「他果然還是不行，在床上，對嗎？」徐安東說：「沒人敵得過路蘭，即便她死了，也把艾莫牢牢抓在手掌心，他掙不脫也逃不了，就像唐秋香的怨靈之於唐秋實一樣……」

「你也對盧小姐講了同樣的話，是嗎？」方逢源截斷徐安東的話頭。

這回換徐安東明顯僵了下，方逢源持續梳著他的頭髮。

「你把夏哥和……路蘭女士的事告訴她，你覺得以她的個性，一定會想多管閒事，而你清楚夏哥的毛病，知道盧小姐遲早會遭殃。」方逢源定定地說：「而你現在，想用同樣的方式對付我。」

徐安東有好一陣子的沉默，方逢源想他被當面戳破，只怕內心還在糾結，也不去打擾，把注意力放回工作上。

「你就是『諾亞方糖』，對嗎？」徐安東忽問。

方逢源渾身一顫，他抬頭，看見徐安東溫婉地笑了。

「……果然是這樣。」他喃喃說：「我在艾莫家追過你直播，後來在外景地遇見你，就覺得你聲音聽起來很耳熟。雖然刻意用了變聲技巧，但說話習慣騙不了人，後來我爬了諾亞方糖中之人討論串，裡面有人貼了你的照片。」

他望著臉色煞紅煞白的方逢源，眼鏡有一瞬的反光。

「所以你是故意的嗎？知道艾莫是你的頭號乾爹，每次直播都給你大筆斗內，就想方設法接近他，想拿更多好處。」

「不是。」方逢源反駁得很快。

「不是？難道就這麼巧，他在網路上追你，你在現實生活中遇見他，還彼此都不知道對方是誰？這什麼，童話故事嗎？」

方逢源沒吭聲，徐安東又問：「所以你們相認了？是相認才在一起的？」

方逢源這回搖了下頭，徐安東露出匪夷所思的神情。

「你知道他就是『黑糖佛卡夏』，對嗎？但你卻不告訴他你是誰，看他在虛擬和現實中都為你狂熱，還不知道兩人是同一人，你覺得這樣很有趣，讓你很有優越感？」

方逢源終於忍不住了。

「我是我，諾亞方糖是諾亞方糖，方糖是虛擬人物，他背後也不只我一個人在操作。何況夏哥並不想知道中之人是誰，我得尊重他。」

「你怕他對你失望嗎……？」徐安東很快說：「你怕他知道諾亞方糖就是你，會覺得不過如此，近而對你淡掉，看來你也不像直播時表現得這麼有自信啊，方同學。」

方逢源用力閉了下眼，決定不再被牽著鼻子跑。

「徐先生，我現在在工作中，不便私聊。」他冷淡地說。

「那可以給我你的私人連絡方式嗎？」

徐安東忽問，他提高聲量，「你之前對我指甲的建議非常有用，我想像Alice她們一樣，跟你討教保養祕訣。你應該不會拒絕我吧？艾莫都有你私帳了，還是你不想理會新人？」

方逢源見幾個工作人員朝這裡看過來，知道徐安東是故意的。

他抿了下唇，「我Telegram的帳號，是小……」

「我不要賣淫的那個帳號。」

徐安東的嗓音陡然冰冷，方逢源瞠大雙目。

「我並沒有……」

「你在徵伴遊網站也小有名氣，你想挑戰世人對伴遊這行的觀感嗎？我可以把你伴遊客人的清單，貼進諾亞方糖討論串裡，或者傳到你們校板上。」

方逢源握了握拳頭，最終還是伸手到外套口袋裡，摸了那支私人手機出來。

徐安東打開通訊軟體，自行掃了QR code，再把手機還給方逢源。

「『生不逢源』嗎？你也是個不容易滿足的人啊。」徐安東滑著手機說。

方逢源忍不住問了：「你要我的私帳做什麼……？」

「也沒什麼，就跟你聊聊天、認識一下，你不是說工作中不能閒聊嗎？那我們就等你工作完再聊。」

徐安東唇角微微一勾，「相信我，你會慶幸有加我好友的，方同學。」

這時服裝組的工作人員在另一頭喚他：「小圓！組長要你過來一下！唐秋實的裙襬有個地方要緊急修補！」

方逢源忙答應一聲，朝徐安東行了個禮，離去前卻停下腳步。

「夏哥他，一直把你當成最好的朋友。」他忖度著措辭，「……如果你真心喜歡他，就請不要傷害他，徐先生。」

他聽到身後傳來笑聲，既低且沉，「誰說我喜歡他了？」

方逢源走進艾佛夏的休息室，入眼的情景讓方逢源一怔。

艾佛夏已穿起那身晚宴戲服，曳地的紗質裙襬，在男人身後灑落一地豔紅，在休息室燈光照射下，有種滿地鮮血的錯覺。

從耶誕夜分別後，方逢源和艾佛夏便沒再單獨見過面，連私訊往來也少，就連方逢源告知他自己要來片場工作的消息，艾佛夏也已讀不回。

艾佛夏距離上回方逢源見到他，似乎又纖瘦不少，腰身極細、臀部挺翹，背影望過去，有種水蛇般的婀娜感。

方逢源看見艾佛夏微微側過首，他已上了全妝，梳妝鏡的熾光下，那張精緻的臉蛋巧笑嫣然、魅色橫生，幾乎認不出是他。

方逢源心頭一顫，在和韓茂山長談後，他補完了路蘭成名作《梨花海棠》。

那齣戲最後的場景，是女主角梨華被母親發現和父兄有染，母親絕望之下，拿柴刀要大義滅親，卻反被年輕的梨華一刀砍中脖子，噴血倒地不起。

梨華全白的洋裝，被母親熾熱的鮮血染溼半邊。她便穿著那件洋裝，爬到當年父兄帶著她觀星，同時也是她初次失身的看臺頂端，從上一躍而下。

梨華自身的鮮血染紅另外半邊洋裝，純白的梨花，最終成了豔紅的海棠，就此終結短暫的一生。

方逢源看著眼前身著全紅裙裝的男人，恍然有種錯覺，彷彿那個身著紅衣的女子，從後擁住艾佛夏的臂膀，嵌入他的靈魂，融進他的骨血。

她侵占了艾佛夏的身軀，奪走了男人的心靈，如同唐秋香對待哥哥一般。

方逢源想起徐安東的話，『他掙不脫也逃不了，從路蘭的手掌心。』

「小圓，就是這裡，這塊布襬好像縫錯了，助導說待會有個鏡位會特寫腳邊，你能拆掉這塊重縫一次嗎？」服裝組人員交代他。

方逢源連忙應聲，他抬頭望了眼艾佛夏，後者正眼簾輕闔，任化妝師在他眉眼間忙碌。

Alice被導演叫去談事情，化妝師也恰巧去小解。方逢源蹲下來為艾佛夏縫補，他把針銜在唇上，拆去線頭、翻轉布角，沉默地作業著。

即使距離如此之近，艾佛夏還是沒多看他一眼，只眼神空茫地注視著天花板。

「……夏哥。」方逢源禁不住喚了聲。

艾佛夏用上了淡紅色眼影的眼角瞥了眼方逢源，沒有回應。

「你身體還好嗎……？」方逢源問：「韓先生說，你都沒回他訊息。」

艾佛夏依然沒有說話，方逢源想起韓茂山的話，或許盧其恩、徐安東，還有許許多多過去的女人，都曾像他這樣嘗試過、敗退過、絕望過。

這想法讓方逢源有種無力感，酸澀在鼻腔堆積，但此時此刻，他只能忍著。

「……朱導說，等這戲拍完，讓我跟著她走。」方逢源說：「我對幕後也很感興趣，她明年在新加坡有戲要拍，可以介紹工作機會給我。必要時我可能會休學，我跟我媽、琅久叔還有小時都談過了。」

艾佛夏總算抬起視線來，方逢源低著頭，緊咬著下唇，咬到唇色發白。

艾佛夏伸出手，似想觸碰他，但指尖停在他下顎附近，又驀然停住。

「抱歉。」他啞著嗓音。

方逢源一怔抬頭，剛想說些什麼，化妝師已經回來了，服裝組的人跟著湧入休息室，方逢源也只能作罷。

化妝師拿了根復古髮簪，簪在唐秋實的盤髮上。

髮簪上是朵海棠，紅得惹眼，和艾佛夏那身晚宴服相輝映著，看得方逢源心底更加發寒起來。

第五集的最後一幕戲，唐秋實被白母當面羞辱後，再也忍無可忍，穿著被弄髒的禮服奔出宴會廳。

白樂光追上來，在走廊上攔住唐秋實。

他央求唐秋實再待久一些，並說會想辦法說服白母他是配得上白家的「女人」。

這話徹底激怒了唐秋實，交往以來的各種委屈、糾結，在那瞬間都湧上胸口，這讓唐秋實第一次反抗了白樂光，對情人說出隱忍多時的心裡話。

艾佛夏讓服裝組的人提著裙襬，宛如新嫁娘一般，站到長廊布景定位。

道具組的人在艾佛夏髮上、臉上和衣上都潑灑了紅色藥水，垂肩的假髮溼漉漉地平貼著那張絕美的臉蛋，沾染了艾佛夏的長睫毛，竟有股不可思議的魅惑感。道具組男性工作人員只對了下眼，臉上便泛起潮紅。

「Action」喊下的瞬間，身著燕尾服的徐安東先動了。

「秋實！你想去哪裡？」

方逢源站在朱導演身後看DIT，鏡頭特寫艾佛夏細瘦的手腕，被徐安東握住，泛起紅痕。

「……去哪裡？」

艾佛夏的冷笑聲傳進頭頂的麥克風裡，透過揚聲器播放出來。

「當然是離開這裡，離開這場愚蠢的晚宴。還有離開你，白樂光。」

助導拿著對白本「喔」了一聲，方逢源知道他訝異的原因，依照劇本加註的情緒表現，這時唐秋實羞憤交集，是帶著哭音說出這些臺詞的。

但朱晶晶並沒有叫停，只神色專注地凝視著小螢幕。

鏡頭前的徐安東也停滯了下，但他很快接了招。

「離開我？你說什麼胡話？」

徐安東依照劇本上的動作，扳過艾佛夏裸露的香肩，放柔聲音。

「秋實，別鬧彆扭，我媽是好面子的人，她只是需要時間接受你。待會我們一塊回去，跟她陪個不是，懂嗎？」

「……放開我。」

攝影組的人都屏著息，看著艾佛夏緩緩將徐安東擱在他肩上的大掌撥開，用女王一般冰冷高傲的眼神睨視著徐安東。

「你不是問過我嗎？是不是因為秋香死了，我才代替她跟你交往。呵，你猜對了白樂光，不，我不是『代替』她跟你交往，而是跟你交往的，自始至終都是唐秋香，愛你的，從來都不是我，白總。」

徐安東似乎被艾佛夏的眼神震懾，遲了半拍才開口。

「……我知道，秋香的惡靈占據你身體，這我會想辦法。但秋實，我知道你是喜歡我的，否則也不會在遊樂園說那些話，對嗎？」

「那些都是唐秋香說的，只是透過我的身體而已。」

「你胡說。」

「我沒有胡說！白樂光，你以為你，還有你的家人這樣對待我，我還會喜歡上你這種人嗎？」

艾佛夏揚高聲音，棚內一片靜寂，鏡頭前只見艾佛夏扯下頭上的海棠紅髮簪，扔在地上，讓那一頭溼透的黑髮流瀉下來。

「讓我假扮你『女朋友』，好讓你母親安心？開什麼玩笑，虧你想得出這種羞辱人的技倆。」

方逢源和朱導演一樣，壓抑著呼吸，看小螢幕裡艾佛夏從嘲諷到猙獰，漸漸顯露出狂態。

「我是男人！我自始至終都是男人！我也沒有女裝的癖好，要不是為了秋香，我這輩子想都沒想過會穿上裙子……」

徐安東像是被嚇住似的，他用眼角瞄了朱晶晶的方向，但導演沒有叫停的意思，他也只能接演下去。

「秋實，你冷靜一點，你在發什麼瘋？我說過了，這只是權宜，只是讓我媽死心，我今後不會再讓你做同樣的事了。乖，聽話好嗎？」

他用兩手握住艾佛夏的手腕，把他壓往牆上。

但艾佛夏透過溼髮看著徐安東，從喉底冷笑了聲。

「你總是這樣，白樂光。不聽話就罵，罵不聽就使用暴力，你認為只要用上暴力，女人……不，所有人就都會怕你，對嗎？」

艾佛夏忽然反過身來，他一把抓住徐安東脖子，在他驚詫的目光下，將人按倒在長廊地上。

「既然如此，你自己來啊！覺得穿女裝沒什麼，被當女人對待沒什麼，那你自己試試看啊！那種四肢健全的正常人，只不過穿條裙子走在路上，就被人像怪物一般看待的感覺……」

他跨騎到徐安東身上，彷彿被什麼操控著似的，一手掐緊徐安東脖子，一手拾起地上的海棠髮簪，拿刀一般反握在手裡。

徐安東嚇得面色慘白，所有工作人員都直起了身，助導從椅上站起來，詢問地看了眼朱晶晶，「朱導，這個……」

但朱晶晶並沒動彈，她還做了個手勢，讓負責艾佛夏鏡位的攝影師把鏡頭對準他的五官。

方逢源緊盯著螢幕裡的「唐秋實」，即使行為如此脫離常軌，但鏡頭前的艾佛夏卻咬著下唇，淚水暈開他的紅色眼影，染溼他的面頰。

掐著脖頸的指尖鬆開，顫抖地滑過徐安東的面頰，撩起他的額髮，沒有預想中的暴力行為，只將髮簪緩緩簪到他頭上。

「你倒是自己試試看……倒是自己、承受看看啊……混帳東西……」

艾佛夏伏在徐安東胸口，背脊起伏著、抽動著。

徐安東已然完全嚇呆了，頭上插著髮簪僵直在那，一句臺詞都回不了。

片場一度靜寂無聲，只餘艾佛夏間歇的啜泣聲。

直到朱晶晶開了金口。

「Cut.」她說：「好了，已經夠了，艾莫。」

第一個上前去的是道具組長，他機警地在徐安東身邊蹲下，把那根海棠紅髮簪先奪下來。

方逢源站在朱晶晶身邊，還緩不住呼吸，剛才那幕還停留在他視覺裡，胸中似有萬馬奔騰，怎麼也壓不下情緒。

助導也作勢要上前，但有人動作比他更快。經紀人韓茂山三兩步向前，一把扯住艾佛夏的右臂，將他從徐安東身上強拉起來。

男人的上臂如今細瘦得嚇人，韓茂山一手就能盈握。

韓茂山低首看著自家藝人，猶豫片刻，像父親對兒子那般，將還在低聲啜泣的男人擁入懷抱裡。

「沒事了，Averson。」他低聲說著，拍著艾佛夏光裸的背，「沒事了，別哭了，有我在，沒事了。」

助理站在一旁，不確定要不要上前替艾佛夏套上防寒衣物。

女演員湯元孝站在遠處，為眼前一幕嚇得痴傻，看向艾佛夏的眼神多了懼怕，彷彿不曾認識過這人一般。

而全場最驚嚇的莫過於徐安東，助導將他從地上扶起來，他還在淺淺喘息。

工作人員替他披了毛毯，將他扶到一邊躺椅休息。但徐安東拒絕了工作人員，他拿了罐礦泉水，逕自往休息室的方向走去，背影尚自一拐一拐的，彷彿被抽去了魂魄一般。

韓茂山扶著艾佛夏，走到朱晶晶跟前。

導演依然端坐在椅上，仰視著被淚水糊了妝的艾佛夏。

「導了你這麼多戲，向來只見到你忘詞，或是偷懶省動作。」朱晶晶一嘆，「你自發性地加這麼多戲，還是第一次發生。你說我這個 cut，是採用好，還是不採用好？」

徐安東的經紀人來表示演員身體不適，拍攝只能先暫停。

韓茂山要護送艾佛夏回休息室，艾佛夏卻說暫時不想讓人打擾，韓茂山便將艾佛夏送到地下停車場，讓他在保母車上休息，給他準備熱毛巾和水。

「……很多導演說過，我戲路和路蘭很像，都是被感覺帶著走的演法。」

韓茂山看他用毛巾蓋著臉，無力地輕笑著。

「但我一直很怕變得像她一樣，我親眼看著我媽從演瘋子，變成真正的瘋子，所以總是克制自己，別對戲認真、別對角色認真、別對自己認真。」他嘆息著，「像這種一頭栽進去，探不著底的感覺……還是頭一遭，我好像忽然能夠理解，為何我媽會對演戲這麼著迷了，Mountain。」

韓茂山沒接他的話。

「你好好休息，休息夠了再打給我，別做傻事，明白嗎？」他只說。

韓茂山離開後不久，方逢源便出現在保母車側邊。

今天他穿著胸前有蝴蝶結的絲質襯衫，下身穿搭窄裙及標配黑絲襪，腳上是保暖的皮靴，排釦大衣已然脫下。

但他才剛走近艾佛夏，便聽見他開口：「……現在別接近我，除非你想跟Anthony一樣下場。」

方逢源頓住腳步。

「昨天『諾亞方糖』的直播，你有看嗎？」他忽問。

艾佛夏安靜了下，「看了，怎麼？」

「但你都沒在聊天室發言，也沒斗內，方糖還特意點名你，你也沒理。」

艾佛夏眨眼，「我沒那個心情，但你為什麼會知道……」

「十二萬六千七百三十五點五塊。」方逢源說。

艾佛夏一怔。方逢源有些緊張，但仍穩穩推聲。

「這是諾亞方糖開臺兩年以來，『黑糖佛卡夏』斗內的總金額，包含贊助方糖骰的慈善資金，因為是用美金算，所以會有小數點。」

艾佛夏還有些反應不過來，方逢源便輕闔上眼，深呼吸。

「各位小螞蟻們good night～諾亞方糖爹斯！大家準備好，要一起嗑今天晚上的糖了嗎？」

他用了「諾亞方糖」最常使用的女聲聲線，艾佛夏怔得說不出話來，方逢源臉上微紅。

「我很感謝你，開臺初期斗內金額都不高。多虧你，我才能買比較高級的耳機，買像樣的編曲軟體，也才能編寫出〈被喜歡的自信〉那樣的曲子。」他低下頭，「知道你是黑糖佛卡夏後，我就一直想跟你道謝，但我沒有勇氣，你這麼喜歡諾亞方糖，但我沒有自信你會同樣喜歡方糖背後的人。」

方逢源朝保母車走近一步，艾佛夏反倒往裡縮了，一向落落大方的男神，此刻竟顯得有些驚慌。

且方逢源沒看錯的話，這人耳根竟似紅了，活像在路上撞見偶像的女高中生。

「但你、呃，你知道我是佛卡夏？一直都知道嗎？」艾佛夏混亂成一團，「等一下，先等一下，但我跟你見面，在你面前說那些話……還有我DM你的問題，那首致敬我的歌……喔賣嘎、我的老天爺呀……」

方逢源已然坐進保母車裡，他欺近艾佛夏。艾佛夏試圖再閃避，但車內空間狹小，他沒處可躲，只能把背貼上保母車的窗。

保母車門緩緩闔上，車內漆黑一片。

「你真的是、諾亞方糖嗎……？」艾佛夏啞著嗓子。

方逢源「嗯」了聲，兩人已剩下不到一公分距離，方逢源趁勢捧住艾佛夏的臉，兩人的唇輕沾在一塊。

但艾佛夏很快掙扎了下，伸手推開方逢源。

「我說過了，別接近我比較好，我沒辦法控制自己，只要和人肌膚相親，我就會想起那個人，很可能會傷害……」

「你現在不是『艾佛夏』，也不是路蘭女士的兒子。」方逢源打斷他的話頭，艾佛夏一怔。

「你不是說過嗎？演戲就是你的日常生活，你的角色就是你本身，人們認識的、接觸的『艾佛夏』，從來不是真正的你，也不需要是真正的你。」

方逢源跨過他的大腿，坐在他身上。

「你現在是唐秋實、是古朝陽，不是『艾莫』；我也不是『方逢源』，我是諾亞方糖、伴遊小圓，我們都只是我們所扮演的角色……所以不用怕，沒人找得到裡面的那個『你』，也沒人能傷害『你』，我也一樣。」

他再次吻上艾佛夏，這回艾佛夏沒有抗拒，任由漸趨熟練的方逢源撬開他的唇瓣，與他舌尖交纏。

保母車內暗得驚人，狹窄得令人窒息，而吻加深了車內的溫度。

兩人都覺得熱，方逢源解掉上身的襯衫領結，艾佛夏扯下晚宴服的一字領。

他反身將方逢源壓倒在車窗上，車窗貼了單向隔熱紙，外頭看不見裡頭。窗鏡上映照出方逢源欲望橫流的臉，也映出艾佛夏徬徨的瞳眸。

「……抱我。」方逢源用顫抖的聲音開口。

Chapter 14

艾佛夏一顫，映在車窗上的眸子變得深沉。

「……在這裡？」

「嗯。」方逢源點頭。

他看不清艾佛夏的身體，只能用指尖摸索，他試著愛撫艾佛夏的胸，笨拙地在胸肉和乳尖上磨蹭，觸到艾佛夏的鎖骨時，卻被他一把握住。

「你沒有經驗，也沒準備，又在這種地方……要是弄傷你就不好了。」

但他嗓音乾澀、喉結滾動，顯已動了情。

「我準備過了。」方逢源伏在他胸口，「我自己清過了，也做了……擴張，在知道你要回來片場的時候。」

他聲如蚊蚋，但車內極為安靜，艾佛夏還是聽得分明。

他滿臉震驚，方逢源別過臉。

「我知道自己喜歡男人很久了，也經歷過對那些事情很好奇的時期，跟你這種有天醒來忽然發現自己是gay的人不同。」

「你真的沒經驗嗎……？」艾佛夏忍不住問。

方逢源一句話沒吭。

艾佛夏感覺到情人的惱怒，他不敢再多踩雷，將手覆在他穿了黑絲襪的大腿上，手掌順著方逢源的腿根，情色地滑進他窄裙內側，在絲襪上滑動愛撫。

方逢源發出一聲如絲的呻吟，雙手攀住艾佛夏的脖頸，好維持重心。

艾佛夏宛如瞎子摸象，指尖往上深入，熟悉的絲襪觸感透著人體的溫度，讓兩人的欲望都沸騰起來。

艾佛夏回思著當初方逢源在飯店裡的動作，先是輕抹，讓絲質布料滾過男孩細緻的肌膚。褪到大腿一半時，方逢源再也忍耐不住，自行直起腰來，把絲襪扯下來，也不顧保全它了，繞過腳踝扔開。

艾佛夏也不再磨蹭，他撩起方逢源的衣裙，摸索著找到絲襪內的蕾絲三角褲。欲望如洪水，霎時席捲了艾佛夏的理智。

艾佛夏明白過來，早在飯店裡，目擊方逢源腿間這一幕時，他就已經沉淪了。那之後的一切，不過都是陷進流沙前的無謂掙扎罷了。

他渴望著這個男孩，自始至終。

艾佛夏把指尖伸進蕾絲布料裡，撫過方逢源不斷顫抖的臀肉，找到那個緊閉的穴口，用指腹輕揉著。

方逢源發出「嗚」的一聲低嗚，似乎沒預料到自己如此敏感。

如方逢源宣言的，那處已然十分乾淨且柔軟，彷彿凹陷的棉花，艾佛夏只試探地用指尖戳了幾下，指節便沒入些許。

方逢源掐緊了雙手十指，「唔……！」

「疼？」艾佛夏詢問他。

兩人聲音都極低，車外一點聲響也無，空氣靜得嚇人。

方逢源遲疑片刻，用力搖了下頭。艾佛夏感覺男孩的大腿若有似無地蹭著他，他晚宴服下穿的是安全褲，方才瞧見蕾絲內褲時，褲襠裡的物事就已脹得發痛，現在方逢源每蹭碰一下，對艾佛夏而言都宛如酷刑。

「沒時間好好做前戲，你忍著點，小圓……」

艾佛夏啞著嗓子，說話間持續將手指往裡鑽入。方逢源淺淺吸著氣，緊閉著雙眼，沒點頭也沒搖頭，只是死死咬著下唇。

這讓艾佛夏起了壞心眼，一下子沒入整根手指頭。

「啊……！」

果然方逢源驚叫了聲，只覺男孩的內壁包覆著手指，暖和溫柔地令人安心。

艾佛夏補了一根手指，藉著方逢源的體重，將指尖探進體內深處。他張開手指，又合攏，撐開柔軟潮溼的內壁，又惡意地在其中旋轉。

他從未碰過男人這處，只覺比女子要緊窄許多，卻也熱燙許多，大約是被方逢源自己打點過，裡頭溼漉漉的，抹著潤滑油一類的物質。

他想以方逢源凡事講究的個性，肯定是做足了準備。光想像他如何忍著羞恥，清理擴張自己的模樣，艾佛夏心頭便一陣熱燙。

艾佛夏湊近他耳殼，低聲說：「你說說，自己是怎麼弄成這樣的，嗯？」

方逢源咬著唇搖頭，艾佛夏讓他背向自己，結實的手臂箍著他的薄胸，牙齒咬上他最為敏感的耳垂。

「不說的話，就不給你。」他用氣音拷問著。

他的手指在方逢源體內翻攪半晌，驀地抽開來，穴口響起淫靡的水聲。

突如其來的空虛感逼得方逢源幾近發瘋，只能求饒，「夏、夏哥，拜託……」

「說呀。」艾佛夏卻沒放過他。

方逢源眉眼全溼了，仰著頸子喘息。

「我、我在網路上找了……影片。」方逢源說：「Dfool的……同性性板上，有很多。我上網買了按摩棒，還有凡士林，照著影片教的方式……」

「說得再詳細一點，影片的什麼方式？」

艾佛夏說話同時，手指再次沒入方逢源的嫩穴。他這回一次插進三指，令人窒息的緊窒感逼出了方逢源的眼淚，他像隻雛鳥般喘息，嗓音也變得破碎。

「我……坐在床上，鎖了門，我怕小時進來會撞見。為了不發出聲音，還咬了毛巾，我……張開腿，面對鏡子，先用手指……嗚！」

方逢源發出泣音，原因是艾佛夏忽然多加了一指，且往內壁旋轉，緊窄的嫩肉夾著艾佛夏瘦長的手指，讓兩方都隱隱作疼。

「用手指，怎麼做？」

艾佛夏用胯間頂了下方逢源。車內伸手不見五指，感官反而敏銳，方逢源清楚感覺到那硬如鋼鐵的物事，就頂在臀部頂端。

想到這物事不多時便要沒進自己體內，方逢源心中既感到恐懼，又難以抑止地興奮起來，諸般情緒打擊著他的理智，讓他沒頂在欲望裡，拋卻了羞恥心。

「用手指……擴張，先放一根，讓自己習慣，再拿按摩棒抹油，用手這樣反握著，慢慢地放進自己體內，然後抽送……」

彷彿要核實方逢源的描述，艾佛夏的手指也抽送起來。

溼軟的內壁經過反覆摩擦，熱得像要燒起來一般，方逢源忍受不住，扭著腰想逃開，卻被艾佛夏強勢地勒住胸膛，動不了也逃不掉。

「然後呢？你興奮了嗎？」艾佛夏低語著。

方逢源聽見身後傳來衣物褪下的窸窣聲，有個堅硬熱燙的物事在臀縫附近磨蹭，卻遲遲沒進一步動作。

他噙著淚點了下頭，但艾佛夏並沒放過他，又咬了他的耳殼。

「怎麼會興奮？自己玩也能興奮嗎？」他故意厲聲。

「嗯，不，我一邊用，一邊想著……想著你。想你抱著我，想你親吻著我，想著你、把你的那個……東西……」

艾佛夏用舌尖舔他的耳孔，「我的什麼東西？你要講清楚。」

方逢源再次咬住下唇，艾佛夏便懲罰似的，驀地將四根手指一舉戳進最深處。

「啊……！」方逢源仰起頸子，意識到這裡是車內，忙用手掩住唇，卻無法抑住喉底溢出的呻吟聲。

「嗚……你的，肉、肉棒。」方逢源失去理智地哭叫著：「我想像你把那根大肉棒，插進我的身體裡，插到最深處，然後、然後我就……嗚啊！」

艾佛夏驀地抽開了手指，那根令方逢源思慕多時的物事很快取而代之，突破被折磨得化開的穴口，一口氣沒入半截。

「嗚……嗚嗯、哈、啊……」方逢源張口吸著氣，在黑暗裡扭動著腰身。

艾佛夏用雙手箝住他的纖腰，逼著他跪直在座椅上。

狹小的車內沒多少餘裕，兩人肉貼著肉，呼吸攪著呼吸，緊密得無一絲縫隙。

艾佛夏確認方逢源適應後，開始緩緩抽送腰肢，碩大的硬挺一點點突入，埋進開了苞的緊窄通道裡。

久違的親密感讓艾佛夏腦漿沸騰，不自覺加重了力道。

方逢源全然失去思考能力，他下意識地抓住保母車車頂的拉環，另一手扶著窗框，汗水沾黏在玻璃上，劃下一道道潮溼的痕跡。

艾佛夏在他身後悶聲喘息，他改而捏住方逢源的臀肉，一下又一下地往裡撞擊，囊袋拍打在臀面上，發出的聲響令兩人都不忍卒聽。

「夏哥、夏哥、艾莫，快一點……嗚……我真的……」

方逢源在Dfool性板上，看過許多零號分享被幹射的爽感，也曾偷偷幻想過。但親身體驗起來，還是大不相同。

窄裙下的小小源硬得發疼，艾佛夏每頂一次，那東西便跟著晃蕩一次，但卻又始終箭在弦上，這對男人而言簡直酷刑。

他正想用手來個痛快，艾佛夏的大掌卻伸過來，竟將他的手強抓到身後。

「還不行。」他喘著氣說：「……等我。」

方逢源剛想抗議，艾佛夏忽然加快了速度，以驚人力道挺了幾下腰。

方逢源只覺三魂七魄都被頂上了天，艾佛夏卻似乎嫌不夠力，就著反剪方逢源雙手的姿勢，將他壓趴在車門上，從後又猛挺了數十下，方逢源被頂得雲裡霧裡，嗓子都哭啞了。

「不要了……不行了，夏、夏哥，饒了我、讓我去……嗚……」

就在方逢源以為自己要命喪保母車時，艾佛夏發出一聲苦悶的低吟。

方逢源只覺下體一溼，溫熱的感覺漲滿身後的穴口。

於此同時，他的小小源終於也到了臨界點，在艾佛夏恩准下虛弱地吐出濁白的液體。

兩人的體液交雜在一起，濡溼了方逢源的腿根，涓滴到座椅上。

「哈啊……」

男人伏在他背上，粗重地喘著氣，兩人都像從汗池裡撈出來一樣狼狽。

但艾佛夏很快扳過他的臉。方逢源感覺無數細密的吻，落在他眼上、唇上、頰上，而後是男人在他耳邊呢喃的聲音。

「謝謝你，小圓。謝謝你出現在這世界上，謝謝你遇見了我，謝謝你、讓我能夠喜歡上你……」

Chapter 15

第 15 章

Chapter 15

「各位小螞蟻們good night～！諾亞方糖爹斯！今天直播又到了尾聲啦，今晚的cover曲讓大家還滿意嗎？

「那最後照例來回答斗內最高的問題，今天仍然是我們的親爹，黑糖佛卡夏呢！謝謝佛卡夏先生！

「但佛卡夏先生今天卻沒提問題，怎麼辦呢？我知道了，方糖就來回答佛卡夏先生之前在生日直播時問過的問題好了。

「佛卡夏先生曾經問過方糖，什麼是『女人的樣子』，什麼又是『男人的樣子』呢？

「這真是個好問題呢！方糖從小時候就一直被方糖媽媽……嗯？問我方糖的媽媽是誰？當然是甘蔗啊（男聲低沉）。

「方糖媽媽總是要求方糖要有男人的樣子，要勇敢，要保護女生，不能隨便哭泣，走路時要抬頭挺胸，坐姿不能內八，當然也不可以穿裙子。

「但方糖努力了很久，都做不到這些。應該說，方糖可以不哭，可以不怕黑不怕痛，也能幫忙妹妹搬重物。但要方糖不穿好看的衣服，不綁馬尾，不化妝不戴首飾，方糖辦不到。

「最近有人對方糖說，方糖這些堅持，不過是在複製女孩子的刻板印象，是很可悲的事。

「確實有些女裝板的前輩，也標榜不拘泥於傳統女裝或男裝的穿著，例如穿褲子搭蕾絲蝴蝶結，或穿裙子，卻穿得很crush很陽剛，在男女的服裝分野下，穿出自己的style。

「但這不是方糖想要的，方糖想要的，就是刻板印象中『可愛女孩子』的穿著，能讓人說出『這麼可愛竟然是男孩子！』是方糖最大的榮幸。

「方糖也不懂為什麼會這樣，可能出生時，有哪根線接錯了吧？其他男孩子都知道不能穿裙子、不能穿粉色，都能夠接受這些事，但方糖沒辦法。很多人說過方糖任性，說方糖不合群、標新立異，這些方糖都無法反駁。

「但曾經有個人說，他覺得這樣的方糖很了不起。

「這是第一次有人這麼跟方糖說，像方糖這樣的人，竟然有人會稱讚我了不起，這是方糖想都沒想過的事情。他讓方糖知道，即使是這樣可悲的方糖，也是有資格愛人，能夠被愛的。」

「好啦，我知道小螞蟻們都愛我，謝謝你們的斗內（女聲甜膩）。」

「那今天時間差不多了，感謝每隻螞蟻們的參與，祝各位有個像方糖一般甜甜的美夢，see you next boat～！」

方逢源關掉同步攝影機，拔掉耳麥，結束今晚的「諾亞方糖」直播。

今天是慣例的歌回，頭號粉絲「黑糖佛卡夏」也在直播開始前就上線蹲等。

但不同於平常的積極發言，他今天異常安靜，雖然斗內仍然到位，但都沒有附言，安靜到其他粉絲紛紛探問：「警長身體不舒服嗎？」

方逢源看著「黑糖佛卡夏」空蕩蕩的斗內黃框，有些怔然。

那天結束後，兩人又在保母車上待了一陣。

艾佛夏從後抱著他，兩人擠在狹小的座椅上，間或親吻著彼此，感受性愛過後甜中帶酸的餘韻。

「……那天，我看見了。」

艾佛夏說得沒頭沒尾，但方逢源知道，他說的多半是巴黎那時的事情。

「我放學回來，看見我爸的車停在樓下，知道他來了，我很高興，因為在那之前他已經一個月沒來看我了。

「那天外頭下雨，我擱下傘，先到寓所二樓的起居室，但沒找著我爸，我想他可能在路蘭房裡，就又回到一樓。我瞧見門縫微微開著，就走過去，我先叫了我爸，但沒回應，我又叫了『Madam Roland（路蘭女士）』，但她也沒有回應。」

艾佛夏彷彿人還留在現場似的，詳盡地描繪著。

「然後我，聽見了笑聲。

「是路蘭在笑。我很驚訝，因為除非在戲裡，她是從來不在人前笑的。我一時好奇，把臉貼在門縫裡看進去，看見我爸的背影，他跨騎在路蘭身上，路蘭什麼衣服都沒穿。

「這倒不稀奇，他們是夫妻。但我爸一面幹那檔事，一面還用手搧路蘭巴掌，我不知道路蘭做錯了什麼，但我爸感覺很生氣，他一面搧巴掌，一面又繼續侵犯她，好像對待什麼畜牲一樣。」

方逢源發現艾佛夏身體微顫，他反握住艾佛夏的手，感受兩人逐漸同步的體溫。

「我爸每搧一次巴掌，路蘭就笑一聲，我爸打個不停，路蘭也笑個不停。我爸越來越氣，越氣他打得就越用力，路蘭臉都腫起來，還在笑個不停。

「後來我爸拿了擱在一旁的鐵撬，就是拿來撥壁爐柴火的那種。他用那根鐵撬揍我媽，我媽被打到沒處跑，血都噴出來，還是一直在笑。」

艾佛夏深吸了口氣，方逢源注意到他把稱謂換成了「我媽」。

「我爸忍耐不了，他掐住我媽的脖子，一邊掐一邊罵：『賤女人！妳再敢碰我兒子一根手指，我就讓妳死在這張床上，聽見沒有！賤女人！』」

方逢源回過身來，發現艾佛夏那張花了妝的臉，再次流滿了淚。

「茂山哥一直認為，我媽是因為我爸打他，所以她才利用我，報復我爸。但其實不是這樣，我媽在我跟她住的第一天就摸我了，她說她喜歡年輕男孩，而我是年輕男孩，她喜歡我。」艾佛夏吸著氣、抹著淚，「那些心理諮商師都說，那不是我的錯，錯的是打人的我爸，還有不顧我意願的路蘭。」

「但明明是我沒能拒絕路蘭，我是男人、路蘭是女人，我如果不想要，是能夠輕易推開她的，但我卻沒有，甚至路蘭摸我時，我還勃起了，我居然……對著自己的媽媽勃起了。

「如果當初我推開她，我爸就不會像那樣恨她，我媽也不會走上絕路……怎麼能說不是我的錯？」

艾佛夏像小孩子一般嗚咽起來。

「我媽死後，我對女人就起不來，因為總會想起她。我總是想，如果當初我沒選擇愛她，而是狠狠拒絕她，該有多好？如果我能像我爸一樣，嚴厲地打她罵她，那該有多好……

「如果我能忍住不勃起的話，那這一切，是不是都還有挽回的餘地……？」

方逢源靜靜聽著艾佛夏的剖白，終於恍然明白過來。

『賤女人。』

方逢源想著艾佛夏罵人時，那種忿怒中帶著懊悔的神情。

原來他罵的對象，不是方逢源、不是Ruka，也不是任何一個女人。

而是艾佛夏自己的心啊。

那之後艾佛夏的手機狂響，片場也有人來喊艾佛夏回去，兩人才像做錯事的孩子一樣，摸黑撿起散落一地的衣物，再各自穿上。

方逢源先他一步下車，但他前腳才踏出保母車，手腕就被人拉住了。

他回頭一看，對上艾佛夏黑中帶金的瞳眸。

那情景似曾相識，方逢源這回卻沒有掙開，只是痴痴和他對視著，直到艾佛夏先開了口。

Chapter 15

「下週拍攝行程結束後，我們倆找個時間好好聊聊。」
方逢源見他眼神澄澈，已然沒了那種被占據一般的瘋狂。
「我有很多事情想跟你聊，我爸媽的事、你家人的事、工作的事，以及諾亞方糖的事情……還有，未來的事。」

之後艾佛夏照常拍攝，兩人照常在片場碰面，像普通同事一樣，艾佛夏甚至連和他多講一句悄悄話都不曾。
殺青日程在即，片場異常忙碌，方逢源的能幹受到導演在內工作人員一致好評，但下場就是忙到起飛，回鐵皮屋倒頭就睡，也沒空和艾佛夏熱線你和我。
這讓方逢源有些不安，他擔心自己一時衝動，曝光了諾亞方糖的身分，艾佛夏雖然嘴上沒說什麼，內心說不定有些疙瘩。
如今就連開直播，想到螢幕那一端的黑糖佛卡夏正看著自己，盯著他的一顰一笑，方逢源便不由自主地心跳加速，連唱歌都沒法正常發揮。
他剛想私訊給艾佛夏試探一下，手機便響了。是那支私人手機。
「安於東方　想要與你視訊」
方逢源第一次見到這暱稱，但不需要多猜，便知道是何方神聖。
他心頭陣陣亂跳，猶豫了一分鐘，選擇以語音方式接起。
「……就這麼不想讓我看你的臉？」手機那頭傳來男人的訕笑聲。

這麼可愛一定是男孩子

螢幕裡顯現出徐安東那張溫文儒雅的臉，他似乎在家中，背景是公寓住家常見的碎花窗簾。他端坐在沙發上，似笑非笑地凝望著鏡頭。

方逢源一如往常不主動吭聲，徐安東似乎也知他的心思，先開了口。

「我開視訊是有理由的，你不想看到心愛男神的睡臉嗎？」

徐安東移動鏡頭，艾佛夏那張天使般面容跳進螢幕的頃刻，方逢源渾身一顫。

只見艾佛夏仰躺在沙發上，他雙頰緋紅，枕在徐安東大腿上，似乎醉得不清，雙目緊閉著，嘴上猶自咕噥著什麼。

徐安東把鏡頭移回來，方逢源喃喃：「他去你家裡喝酒……？」

「我本來沒想打擾他，殺青前我們都很忙。但他主動邀我，我也不好意思拒絕，畢竟我們還有共演者的身分。」徐安東語氣戲謔中帶著諷刺，「我們買了點酒，說是小酌一下，但聊著聊著就喝多了。不過他還真是你的忠實粉絲，都醉成這樣了，還堅持要追完你的直播。」

方逢源心中翻江倒海，但他不願徐安東看出來，只壓抑著嗓音。

「您找我，有什麼事？」他問。

「想跟你聊聊而已，難為你特別給我私人連絡方式，不和你親近一下，不顯得我不近人情？」

方逢源悶著沒吭聲。徐安東便笑了笑。

「好吧！看來你並不想跟我親近。有個東西，我一直想拿給你看，但你在片場太受歡迎，總找不到機會跟你搭訕。」

LINE跳出傳送檔案許可通知，看副檔名像是影片。

方逢源戰戰兢兢地點了接收鍵，影片檔案頗大，下載了好一陣子才完成。

方逢源才點了播放鍵，巨大的聲響便從手機裡傳出來。

『……盧其恩，妳給我閉嘴！』

方逢源瞪大了眼，影片場景是出租廚房一般的地方，中間有流理臺和洗手槽，背景還能看見打奶泡的器械。

流理臺前有兩個人，一男一女，方逢源很快認出男的是艾佛夏。

艾佛夏看上去比現在健壯許多，也黑了些，穿著輕便的牛仔褲，兩手插在口袋裡，滿臉怒容地對著另一個女人。

那人方逢源在影片裡見過，那是艾佛夏的前女友，這一切事情的開端，女演員盧其恩。

『我只是想救你，艾莫。錯的是那個女人，那種人才不是你母親，她對你做的事不可原諒，你不能讓那噁心的女人操控你的人生……』

盧其恩似乎在勸說什麼，但影片雜音太大，方逢源聽不清晰。

且她才說到半途，艾佛夏便驀地撲上前，單手掐她脖子，將她壓倒在地，抬手對著女演員的臉就是狠狠一巴掌。

『我叫妳閉嘴，妳是聽不懂嗎？賤女人！』

艾佛夏背對著鏡頭，方逢源聽見他驚心動魄的吼叫聲，一聲比一聲高揚。他一邊罵，一邊手上不停，巴掌和拳頭如雨般落在女演員身上。

『為什麼不聽我的話，為什麼不停下來？

『非打死妳不可，非讓妳知道教訓不可，非打死妳不可……

『賤女人、賤女人、賤女人、打死妳這個賤女人……』

盧其恩半途開始求饒，流著眼淚哭叫，但無濟於事，單方面的暴力行為持續了兩分多鐘，女演員最後委頓在地，一動也不動了，艾佛夏仍沒有停手。

直到有個人闖進廚房裡來，一把抓起艾佛夏的手。

『艾莫，你冷靜一點、冷靜一點，來，深呼吸……』

即使戴著廚師帽、身著廚師服，方逢源一眼便認出來了，那是徐安東。

方逢源唇齒顫抖，「這是……什麼？」

他經歷過數次艾佛夏的失控，但每回觸及艾佛夏那種近乎絕望的暴力，還是令他感到窒息。

「如你所見，是側拍影片。」徐安東淡聲說：「你知道，我是YouTuber，跟你這種躲在螢幕後以假面具示人的VT不同，我們可是時刻賭上自己真實的人生，我和亞莉都有以影片記錄生活的習慣，這攝影機一直擺在我廚房裡，平常是拍攝Vlog素材用的。」

「但你早就看見夏哥在打人。」方逢源還在發抖，「你也明知道夏哥的毛病，卻等盧其恩小姐被打傷，才進去制止。」

影片停在徐安東抓住艾佛夏手的那幕，而方逢源清楚地看見，雖然語氣驚慌，但徐安東那張鏡片下的俊臉上，卻帶著微不可辨的笑容。

「因為那個女人，真的很煩。」徐安東平靜地說：「她利用艾莫的寬容，求取她不應得的東西，偏偏又愛扮聖母，想從路蘭手裡拯救艾莫，但就像我說的，誰也做不到這件事。」

他似乎想起什麼，又輕笑了聲。

「不過我本來是想，親身經歷過艾莫的絕望，那女人應該會嚇得不敢再接近他，也算替他摘了這朵濫桃花。但沒想到那女人跟你一樣，那麼不怕死，還數想(妄想)著當他的正牌女友。」

方逢源沉忖片刻，忽然福至心靈。

「這支影片，你也拿給盧小姐看過。」他喃喃說：「你清楚那兩人遲早會鬧翻，以盧其恩的個性，很可能會想報復夏哥，所以你承諾她會提供這支影片，她才會信心滿滿地爆料。」

打從艾佛夏向他講述出租廚房的事開始，方逢源就覺得事有蹊蹺。

按照艾佛夏的說法，盧其恩與安古蘭簽有保密協定，盧其恩一旦洩密，需賠償巨額的違約金。

雖然也可以解釋成盧其恩恨極了艾佛夏，不惜自毀也要魚死網破，但方逢源總感覺哪裡不對勁。

「那女人一直下不定決心，畢竟她跟安古蘭有約在先，而且這種爆料，她自己也會身敗名裂，若是不能一舉成功，那就虧大了。」

果然徐安東一嘆。

「但我跟她說，艾莫這兩年同時也跟我交往，他沒辦法和女人上床，但和我這個男人可以，以艾莫跟我的親近程度，證據要多少有多少，不由得那女人不信。可憐那個聖母，聽見這話就徹底崩潰，影片檔都還沒確認到手，就先行動了。」

回想起來，最初盧其恩上傳的受傷照片，那則「Hurt. Can't Keep Mum anymore.」（痛，無法再保持沉默），應該就是在為徐安東的影片鋪哏。

但盧其恩出手後，徐安東多半立即翻臉不認人，甚至否認影片的存在。

盧其恩無法回頭，但少了影片，光照片有太多解釋空間，無法一擊必殺，盧其恩只能另想辦法，也才會脅迫艾佛夏單獨跟她去旅館。

但要讓艾佛夏再次施暴並不容易，她不惜刻意提起路蘭，甚至試圖重現艾佛夏被親生母親侵犯的場景。

卻沒想到做得太過火，艾佛夏選擇向大眾坦白一切，盧其恩反倒成了強暴犯。

「你的目的是徹底毀掉盧其恩，借她自己的手。」方逢源下了結論。

「你真的很聰明。」徐安東刻意發出讚嘆聲，「不愧是私校出身的大學生，有父母花錢送去念書就是不同。」

「但你這麼做，同時也會傷害到夏哥，你不可能不知道。」方逢源忍不住問：「他到底對你做了什麼，讓你這麼恨他……？」

「恨？」徐安東忽然哼笑了聲，「恨嗎……？」

方逢源一怔，他聽著徐安東酸中帶澀的語氣，想起艾佛夏說的『他說過他不是gay』，還有徐安東那句『誰說我喜歡他了？』忽然明白過來。

「……不，你不是恨他，你是故意這麼做的。」方逢源怔然說著：「以夏哥走紅程度，如果不出點事，你一輩子也沒機會接近他，更別提共演。所以你一箭雙鵰，既破壞盧小姐和他的關係，又整垮夏哥。你追不上國民男神，就乾脆讓神摔落到你身邊。」

方逢源覺得汗顏，最初與艾佛夏相遇時，他也確實想過，艾佛夏是雲端之人，是他無法企及的存在。如果不是黑糖佛卡夏的事，方逢源恐怕也下不了決心去捕夢，就這麼一生躲在自我滿足的自卑裡。

徐安東良久沒說話，方逢源聽見一旁傳來艾佛夏的嘟噥聲，隱約喊了聲「水」，但徐安東並沒理會。

「你試過待在一個人身邊，他卻永遠看不見你的感覺嗎？」徐安東忽問。

方逢源沒接話，徐安東便逕自說了下去。

「艾莫常說，我和他是十四歲在巴黎才認識的。」徐安東輕笑了一聲，「但你知道嗎？那其實並不是我第一次見到他，早在他七歲拍第一場戲時，我就跟他見過面，說過話了。」

方逢源總算出了聲：「七歲……？」

「是呀，你沒見過童星時期的艾莫吧？他真的很可愛，長相可愛，聲音像天使一樣好聽，每個人都喜歡他，都愛他、寵他。」

艾佛夏和徐亞莉共演《天上的星星都到哪去了？》時，艾佛夏七歲、徐亞莉五歲，而徐安東和艾佛夏同齡，應當也是七歲。

但方逢源從艾佛夏口裡聽說的徐安東，是個從小立志當廚師，默默守護妹妹的好哥哥，不明白他為何會和童星時期的艾佛夏有交集。

「其實當初去試鏡《天上的星星》的人是我，亞莉只是被我媽帶去陪我。但最後導演沒看上我，卻看上了亞莉。」

徐安東諷刺地笑了兩聲。

「這原本也沒什麼，我是為了我媽的星媽夢才去試鏡的。但第一次拍攝時，我被我媽帶著進片場，看見艾莫和我妹對戲，我卻忍不住想，為什麼我不行呢？

「那之後我參加了很多試鏡，電視劇、電影、廣告，但不是落選，就是只拿到龍套。我本來想就這麼放棄了，反正艾莫也好，我妹也好，都是天上那些星星，不是我這種人能搆得著的。」

徐安東的嗓音變得低沉。

「但後來，亞莉跟我說，艾莫暫時息影了，為了和童星時期做切割，被他父親送去念巴黎的演藝學校。

「那是我第一次覺得，我可能搆得到那些高高在上的星星。」

『哥，你瘋啦，法國耶！你連法語都說不好，居然想去法國留學？』

『嗯？艾莫，喔，我是有他的連絡方式啦！但我們也很久沒見了，介紹嗎？是可以，但你本

這麼可愛一定是男孩子

來說沒打算去巴黎的不是嗎……』
『當甜點師傅？真的假的，哥，你不是很討厭甜食嗎？』
『哥，你還好嗎？都去法國一年了，小莫他有沒有欺負……喔，你們要一起去普羅旺斯旅行嗎？那很好啊！要買伴手禮回來給我喔！』
『好久不見，哥，好快啊！你到巴黎已經三年了吧？最近過得好嗎？對了，我聽說小莫最近要回來了，對，他在國內有新戲約……嗯？你也想回國？之前不是說有巴黎飯店給你offer嗎？』
『歡迎回家，親愛的老哥！喂，可愛的演員妹妹親自接機，你居然連個感動相擁都沒有……咦？那個海報？那是《好好先生》宣傳照啊，那齣戲現在超紅的，艾莫和我師姊都快變成國民情侶了，你在海外不知道嗎？』
『老哥，我看了你的頻道了，感覺很不錯呢！沒想到我哥在鏡頭前也挺帥的嘛……咦？你說邀小莫去頻道客串？哪可能啊！你知道他現在有多紅嗎？小太陽粉多到快可以組政黨選舉了。』
『我嗎？如果哥不嫌棄，我是可以客串一下啦……』
方逢源靜靜聽著徐安東的描述。他思潮起伏，有許多話堵在喉口，卻又不知從何說起，只能保持沉默。
「在巴黎時，曾經有一次，艾莫主動來找我。」徐安東像在說別人的故事一樣，語調輕而淡雅，「從前艾莫找我出去玩、去吃飯，都是跟他許多朋友一起。對他來講，我就像是他的跟班，雖然一直存在，但無足輕重。」
「但那次不同，艾莫找上我，說他只需要我，不要旁人。他要我帶他走，離開這個城市，到很遠的地方，越快越好。」
「我們去了法國南部旅行，整整兩週。我們一起走了很多地方，遇到有興趣的甜食就吃，遇到旅館就隨處下榻，那真是……像作夢一樣的兩週，我和艾莫，就兩個人，艾莫眼裡就只有我，沒有旁人。」

徐安東的語氣，忽然有些渺遠。

「回去巴黎的前夜，我們睡在一起，艾莫對我說了那些祕密。

「他說他很怕回家，怕和女人睡在同張床上。那天我們都喝了酒，神志不大清醒，我就跟他說：『那不然，試試男人吧？』」

方逢源忍不住插口了：「所以他……試了嗎？」

「沒有，他很明確地對我說，他對著男人，沒辦法勃起。」

徐安東笑起來，笑得哈哈出聲，方逢源卻覺得他在哭泣。

他總算明白，徐安東為何都是這樣曖昧不明的態度，又為何會說，自己並不喜歡艾佛夏了。

方逢源自忖，如果他與艾佛夏像如今這樣相遇，卻在跟他走到最後一步前，坦白自己不是gay、對他舉不起來，方逢源只怕也會心灰意冷，從此恨上也說不一定。

更遑論，徐安東追逐那顆天上的星星，追逐了這麼長的時間。

「但你現在和艾佛夏共演，不是嗎？」過了好半晌，方逢源才重新出聲：「你花了這麼多心思，好不容易讓他看見你，和他平起平坐了。如果夏哥現在出事，你的事業也會受影響，你不覺得可惜嗎？」

徐安東沒有說話，只是直視著鏡頭。即便他這方沒開鏡頭，方逢源仍感覺這人在盯著他瞧，看進骨子裡的那種。

他心頭一跳，剛要說些什麼，徐安東忽然訕笑了聲。

「其實我要給你看的不只這個影片，還有另一個東西。」

方逢源還沒來得及問，手機又收到檔案傳送的提示。

方逢源按了接收鍵，這回是個壓縮封包。

他用家用電腦打開封包，裡面幾乎全是圖檔和影片檔。才點開其中一個，方逢源便怔住了。

裡頭全是他的照片，應該說，他和艾佛夏的照片。

艾佛夏雨夜來訪時，抱著溼淋淋的他走到鐵皮屋門前的照片。採購女裝那天，艾佛夏送他回家時的照片。在外景道具棚裡擁吻的照片。以及數日之前，方逢源到地下停車場找艾佛夏的照片。

照片明顯都是偷拍，風格像極了方逢時平常買的八卦雜誌上，那種狗仔拍攝的同框曖昧照。

不管哪一張，方逢源的臉都十分清晰，有張甚至正對鏡頭，五官一覽無疑。

檔案最後有個影片，影片鏡頭正對艾佛夏的保母車，正是數日前兩人翻雲覆雨後，方逢源走下車，被艾佛夏拉住手腕的那幕。

『我有很多事情想跟你聊，我爸媽的事、你家人的事、工作的事，以及諾亞方糖的事情……還有，未來的事。』

方逢源摀住了唇，那種被人圍觀、窺看的恐懼再次湧入體內，胃液在體內翻攪，幾乎讓他就地吐出來。

「韓茂山警告過你才對，跟現役藝人交往，是要付出代價的。」

他強忍嘔吐感，聽見徐安東在電話那頭平靜地出聲。

「亞莉公司的負責人跟我連繫，說要重金買我手上艾佛夏施暴的影片，我說我會考慮，一但悅聲拿到這個影片，勢必會在二月記者會上公布。到時候艾莫會徹底沉進地獄底端，再也爬不出來。

「但如果是這個影片，大眾頂多覺得小太陽又傳緋聞，他花名在外，對他構不成太大影響。

Chapter 15

「但你不同，艾莫那些狂粉會去肉搜你，你的身家會被攤在陽光下，他們會知道你是個男扮女裝的變態。你賣淫的往事、虛擬主播的身分，都會被人挖出來，你的家人也會曝光，你的日常生活會毀於一旦。」

即使說的話如此具威脅性，徐安東的嗓音仍是淡淡的。

「我讓你選吧！兩個影片，我只會留下其中一個，另一個會銷毀。

「你要救艾莫，還是顧全你自己……方逢源？」

方逢源戰戰兢兢地下了公車，抬頭看著眼前低調奢華的鑲金看板。

那是間旅館，且方逢源曾經來過一次，便是最初做伴遊時工作時，艾佛夏帶他來開房間的旅館。方逢源後來才知道，這旅館因為保密功夫做得好，許多藝人和名人會帶小三來偷情，或是叫傳播。

天空飄著惱人的綿綿細雨。方逢源穿了套頭毛呢連身洋裝、保暖雪靴，外面罩了件防雨的斜領大衣，再搭配白色毛線帽、同色的分指仕女手套，遠看像隻雪地裡打滾的兔子。

他對著櫃檯說「我是訪客，找 801 號房的客人」時，工作人員還目不轉睛地打量他許久，像要確認他的性別，才給了訪客用鑰匙。

方逢源捏緊手裡的磁卡，坐上電梯的過程中，還在不斷深呼吸。

那日面對徐安東的選擇題，方逢源有好一陣子沉默。

這麼可愛一定是男孩子

「你把夏哥那影片銷毀吧！」方逢源閉上眼睛。

徐安東一愣，隨即在電話那端笑起來。

「喔，這麼乾脆？為了保護心愛的人，不惜犧牲自己嗎？沒想到你意外地挺偽善的嘛，方同學。」

「……不管我怎麼選，你都不會把夏哥的影片賣出去。」方逢源截斷徐安東的笑聲，沉下嗓音，「你追了夏哥這麼久，如果他跌進谷底，你就沒人能追了，你會失去人生最重要的目標，你不會希望這樣。」

這下換徐安東沉默了，方逢源又深吸了口氣。

「而不管我選哪邊，你都會把我的照片洩露出去。你看不慣我，想要我從夏哥身邊消失，你認為我這賣淫的跟盧其恩一樣，配不上你心目中的國民男神。」

這回換徐安東沉默了下，「還是有點不同。」

方逢源當時怔了怔，徐安東笑說：「盧其恩只讓我煩躁，而你，除去艾莫，我對你還挺感興趣的。」

「感興趣，是指……？」

「你說呢？雖然女裝男倒我胃口，但脫光衣服就沒差了，你確實也長得不賴。再說，艾莫玩過的人，我也想體驗看看有何過人之處。」

他似乎到了另個地方講電話，背景音變得安靜，方逢源渾身發冷。

「給你一個機會。這週末晚上十點，我在S旅館的801號房等你。如果你能讓我滿意，我就考慮兩部影片都不交出去。」

方逢源還待說些什麼，但徐安東沒給他機會。

Chapter 15

「我就等你一小時，如果十點過後你還沒到，你最喜歡的 Dfool 演藝板上就會貼滿那些照片……希望你妹不會是第一個看到的人。」

方逢源想過將一切告訴艾佛夏，和他一塊思考對策。

但艾佛夏至今都還被蒙在鼓裡，方逢源想到這人躺在徐安東大腿上的畫面，心頭五味雜陳。

他和徐安東相識十多年，羈絆非比尋常，要他相信多年老友竟處心機慮地想算計他，這對重感情的艾男神毋寧太殘忍。

再者，方逢源也有些不甘心。

他感覺得出徐安東相當蔑視他，他的事業、他的裝扮，甚至他的家人，這些他珍而重之的事物，被陌生人這樣又挖苦又諷刺，說不憤怒那是騙人的。

他好歹也是男人，雖不到此仇不報非君子的地步，但也升起要正面對抗，給對方一點顏色瞧瞧的念頭。

來旅館之前，方逢源還傳了私訊給艾佛夏。

生不逢源：夏哥，我可以問你一個問題嗎？

如果可以選擇的話，你希望我是女的，還是男的？

他盡可能語氣輕鬆，不讓艾佛夏察覺端倪。

艾佛夏一直到方逢源搭上公車，才回了訊息。

艾莫能助：當然是男的。

你這麼可愛，如果是女的，不是很可惜嗎？

即使身處緊張中，方逢源仍禁不住笑了，卻也忍不住想掉淚的衝動。

方逢源先敲了801號房的門，裡頭無人回應。

他吞了口涎沫，刷了磁卡，門應聲而開。

他先試探著推了門，門裡漆黑一片，不像是有人在的模樣。

方逢源又往裡走了一步，下意識地扯緊了衣襟。

「徐安東先生……？」

房間裡頭沒人，方逢源看見和當初艾佛夏和他約砲那張床相仿的大床。床邊插著玫瑰花，方逢源往浴室裡瞄了一眼，那裡也空無一人。

這讓方逢源納悶起來。其實他並不相信徐安東是真要侵犯他，雖然認識不深，但方逢源自認還算了解這個人。

徐安東喜歡艾佛夏、喜歡到骨子裡，卻又矜持地不讓自己沉淪，甚至說服自己不過是好朋友，所做的一切都是為他好、替他斬除濫桃花。

這樣的人，絕不會和不喜歡的對象發生肉體關係。

雖然不知道徐安東真實目的，但方逢源想徐安東多半是想羞辱他，或者讓艾佛夏看到他醜態、挑撥離間之類的，這些他都有信心能一一應對。

方逢源大著膽子，在房間裡轉了一圈，只見床單整齊、浴室也沒水痕，看上去就是沒人使用過的狀態。

他想會否徐安東出了什麼意外，正想撥電話給他，身後便傳來陌生的嗓音。

Chapter 15

「小方糖……？」

方逢源渾身汗毛都矗直起來。

他驀然回首，只見漆黑的房間門口，不知何時站著一個人。

那人身形高大，比起艾佛夏不遑多讓，但身材有些發福，穿著過膝的裙裝，看輪廓像是個上了年紀的婦人。

「碰」地一聲，房間門被應聲關上。

「妳是誰……？」他往後退了一步，「是安東尼先生叫妳來的？」

摸索到身後床頭燈的開關，微弱光線下，方逢源看見那人的裝扮。

只見婦人畫著濃妝，脖子上掛著有方糖墜飾的項鍊，穿著藍色削肩格子洋裝，靛色假髮綁成雙馬尾，竟是盛裝打扮過來。

而且這套衣服，和「諾亞方糖」去年出的夏季新皮，若是方逢源沒認錯的話，幾乎一模一樣。

他知道有些追V的粉絲，會訂做虛擬主播身上的穿著，參加聚會或是拍攝照片，過去也有人貼諾亞方糖的COS照，再tag他的官帳。

這人剛才叫他「小方糖」，顯然是知道他中之人的身分，十之八九是狂粉。

方逢源頭皮發麻，他退了兩步，大腿碰到床緣。

抬頭見那婦人依然堵著門口，身形比方逢源高大許多，他沒自信能在毫髮無傷的狀態下推開婦人逃跑。

且視線逐漸習慣後，方逢源才發現事有蹊蹺。這個「婦人」肩膀骨架甚寬，腰也比臀部粗，四肢雖然修長，但手掌異常大，這看在浸淫各大男扮女裝板多年的方逢源眼裡，不需要多做辨識，就能清楚知道對方真實性別。

這麼可愛一定是男孩子

這人是男性，毋庸置疑。

「那個人跟我說，你會在飯店房間裡等我時，我還半信半疑，想說會不會是什麼陷阱，在樓下埋伏了一陣子，直到看見你本人才相信。」

女裝男興奮得雙頰發紅，方逢源看他妝容粗糙、口紅還歪了一側，很像小學時他初次拿方媽化妝品嘗試的慘況。

「我好想你，小方糖，上次好不容易跟你見到面，只講了短短一句話，你就跑得不見蹤影，後來我就被調去外地工作，好一陣子沒能見著你，我吃不下飯也睡不著覺，滿腦子都是你……」

女裝男人走到燈光下，方逢源覺得他的五官似曾相識，驀地想起當初他逃出鐵皮屋時，曾經在公園遇見一位婦人。

當時他滿心驚慌，沒心思看清對方是圓是扁，此刻記憶電光石火，方逢源才發現這人就是當初在公園慰問他「你還好嗎？」的婦人。

「你是那個……『方糖新郎』？」方逢源忍著顫抖問。

對方露出驚喜的神色，持續朝方逢源逼近。

「呀，你竟然記得我！太好了，我真的、真的好愛你，小方糖。你還不滿一千訂閱時我就追蹤你了，我每天都會準時蹲你的直播，我好喜歡你的聲音、你cover的歌，你的一切都讓我著迷，你是我活下去的動力。

「推測出你就是方糖的中之人時，你不知道我有多興奮，我本來也沒打算嚇著你，但我實在太想看你本人了，才會利用工作機會去看你一眼。

「但一看我就控制不住了，你平常的樣子也美極了，我已經很久沒遇到這麼想拍的人了，最近偶像明星完全不行，沒一個及得上你一半美麗……」

女裝男自顧自地告白著，方逢源心臟狂跳個不停，耳邊全是嗡嗡聲。

他知道自己得鎮定，他應該先設法離開現場，或者報警，或至少想辦法連絡飯店的人。

但他才往口袋裡摸手機，女裝男便往他逼近。

「不，你不要緊張！我真的只是想來看看你，跟你聊聊天而已。你不用怕我，你看，我跟你一樣是女生啊！」

方逢源往床另一頭退避，兩人隔著一張床僵持。

「……我不是『諾亞方糖』。」他試著說理，「我只是方糖創作人之一，方糖是由繪師和技術人員共同創作出來的虛擬人物，並不等於我。」

但女裝男似乎沒聽進去，他用陶醉的目光凝視著方逢源。

「你真的好美啊，小方糖，跟我想像中的一模一樣，你果然是這世界上最完美的女人……」

即使在極度緊張中，方逢源還是說了：「我不是女人。」

「你是！你怎麼可能不是？」

女裝男用尖銳的嗓音叫道，方逢源顫了下。

但女裝男隨即放柔聲音，「我明白的，像我們這種人，很常會被誤會成是男性，我們有男性的肉體，裡頭卻住著女性的靈魂，很多人不明白這種事，認為我們是變態。」

女裝男又朝方逢源走近一步，語氣無比誠懇。

「我曾經完全失去活下去的希望，不只一次自殺未遂。但見到你時，我覺得自己被拯救了，原來還是可能的，只要努力，即使錯生成男人，最終也能成為像方糖這麼完美的女性，是你給了我活下去的希望，我的小方糖。」

方逢源見他眼眶潮紅，竟似被自己說到感動起來。

他不打算再聽女裝男廢話，趁著他情緒激動，翻過大床，就想奪門而出。

但女裝男動作比他更快，反過身來一把拉住了方逢源的手腕，將他整個人拉倒回床上。

方逢源咬住牙，女裝男氣力相當大，他用兩手握住方逢源手腕，將他壓倒在大床上，大腿跨騎在他身上，方逢源一時竟掙脫不開。

他忽然覺得很諷刺，一個堅稱自己是女人的人，竟讓他這男人毫無招架之力。

方逢源覺得有什麼硬物抵在他大腿間，他忍著噁心往下一看，不意外地，這人裙裝底下已隆起一大包。

方逢源閉上眼睛、吸著氣，從前的他，恐怕只能縮在某個角落，無力地顫抖，就像學校那些男孩，把穿著裙裝的他拖進女廁時一樣。

『方逢源穿裙子！方逢源穿粉紅色！方逢源是女生！』

但他不知道，或許是艾佛夏對他說『我覺得你很了不起』，也或許是朱導演對他說了『跟了我吧！』。

也或許是在上週末，他終於穿著裙裝，和他的母親、繼父和妹妹吃了第一次飯，方媽還在事後傳私訊問他那條裙子哪裡買的。

他忽然不再恐懼了，不單是眼前這女裝男，還有他身上的裙子、他自己本身。

「……我說過了，我是男的。」方逢源掙了幾次掙不開，索性就著躺姿，直視女裝男的眼睛，「你如果真是小螞蟻，至少應該知道諾亞方糖的基本設定，方糖一次也沒說過自己是女的，不要把你的一廂情願強加在他身上。」

方逢源選了他男聲中最沉的聲線。

「還有，你的行為帶給我和我家人很大困擾，我不喜歡暴力，也討厭用暴力解決事情……但你如果再不放手，我會揍死你，你信不信？」

女裝男怔住了，令方逢源不解的是，他臉上竟泛起紅暈，像是方逢源對他講了什麼告白的話語那般。

但方逢源還沒能嘗試妹妹教他的過肩摔，房間門口便傳來帶著笑意的嗓音。

「看來輪不到我這個警長出場了，對嗎，方糖老師？」

Chapter 16

第 16 章

Chapter 16

方逢源驚得渾身一顫。

他往房間門口一看，那裡不知何時站了個高大挺拔的身影。他身形削瘦、體格精實，穿著便於行動的黑色T恤，下身也是黑色褲裝，戴著黑色鴨舌帽和太陽眼鏡，一副來出任務的間諜一樣。

且方逢源對這人太熟悉，他腿一軟，本能地叫出聲來。

「夏哥……！」

女裝男看見來勢洶洶的艾佛夏，臉露驚慌之色，鬆開方逢源手就想衝出房間。

艾佛夏哪容他逃跑，伸手往他肩膀一推，女裝男便跌落在地。

他花容失色，揮拳胡亂打向艾佛夏。但艾佛夏只隨手一舉，便輕鬆接住女裝男的拳頭，跟著一架一甩，女裝男被側摔在地毯上，疼得他哀嚎一聲。

艾佛夏更不多話，仿著女裝男剛才對待方逢源的方式，長腿跨騎到他身上，右手迅雷不及掩耳地掐住他脖頸，女裝男頓時動彈不得。

方逢源擔心下一秒艾佛夏就會痛揍這個人，下意識地閉上眼睛。

但艾佛夏卻忽然直起身來，朝後比了個手勢。

門口衝進兩名穿著褲裝、盤著頭髮的女性，看上去像保全，兩人都高頭大馬，比女裝男還要壯碩。

她們一人一邊，拖起滿臉震驚的女裝男。

「你不是說自己是女的嗎？我可是特意找了安古蘭的女保全，不要說我們公司性騷擾你。」

艾佛夏咧唇笑著，方逢源見他背後還站著個人，正是中央山脈一般的韓茂山，心中更加驚疑不定。

「警車在樓下等你了，剛才的事，我們家優秀經紀人全都錄下來了，有什麼辯解你可以去警局慢慢說，大攝影師。包括你利用我們公司委託，遂行你自己跟蹤VTuber目的的事。」

他頓了一下，又笑哼了聲。

「我是很想教教你，什麼才是追V的正確態度，不過今天沒什麼時間，再說方糖本人在場，我好不容易耍了點帥，才不想讓他對我這個警長有壞印象。」

他回頭望向方逢源，臉上笑容頓時斂了下來。

男孩蹲踞在房間地板上，方才的氣勢全不見了，他縮成一顆圓球，像沒有生命般地一動也不動。

艾佛夏連忙迎向他，在他身邊蹲下來。

「小圓……？」他試探地碰觸他的背。

好在方逢源很快動了，他搖了搖頭，嘴唇哆嗦著。

「我……辦不到。」

「辦不到什麼？」艾佛夏柔聲問。

「辦不到……像夏哥、還有其他男人……那樣子。」他顫抖地說著：「我明知道我是男人，該勇敢點，遇上有人欺負自己，要像剛才那樣硬起來反抗才對，但我好討厭這麼做，光想到要對人使用暴力，哪怕嗆人也好，就渾身不自在。」

艾佛夏沒說話，只是任由方逢源捏緊他的手，緊到微微發顫。

「我一直告訴自己要man一點，我外觀已經是這樣了，至少靈魂要像個男人。但只要有人強硬地對待我，特別在床上，我還是會不自覺興奮起來，我喜歡這樣，說什麼想讓你把我當男人對待，根本是假的，是自己在騙自己。」

他吸著鼻子，遲來地淚流滿面。

Chapter 16

「我有時候會覺得很累，想乾脆說自己是女孩子好了，是不是變成女孩子，我的人生會比較輕鬆，但又好怕自己有這種想法。我得一直告訴自己，我是男的，也得讓所有人、都覺得我是男的……

「但我做不出『男人的反應』，沒能有『男人的樣子』，外觀也是，裡面也是。夏哥，我根本徹頭徹尾，都不配當個男孩子……」

艾佛夏摟著他的背，撫著他的肩膀，任由方逢源縮在他懷裡哭泣，直到他終於稍微平復下來，才開口。

「不配嗎？我才覺得自己不配呢。」他喃喃說：「你說我像男人，但那些不過就是人設，國民男神、好好先生、小太陽……你所謂『男人的樣子』，都是別人看待我的方式，沒一個是我想成為的樣子。」

他凝視著方逢源。

「不像你，先不論男女，你把你的靈魂展現給所有人看，努力活成你想要的樣子，還讓這麼多人為你著迷，那才真的不容易。」

方逢源像要說些什麼，但艾佛夏很快又摟緊了他。

「當然，我不會說什麼不要管是男是女，小圓的性別就是小圓，諸如此類不負責任的幹話。被世人當成男的還是女的看待，對大部分人來講，至少對你和我來講，還是很重要的。」

他捧住方逢源的臉，吻了他臉頰一下。

「我只是想說，就算你一輩子女裝，一輩子man不起來，都不會改變你是我最愛的男人這件事。就像朱老師說的，男人本來就可以有很多種樣子，愛哭的、軟爛的、叫床聲音很大的……總之只要是你，怎樣都可愛，我都愛。」

方逢源禁不住破涕笑了聲，「……你這個人，還真是有夠隨便的。」
艾佛夏挺起胸膛，「我這個人最大的長處，就是隨便啊！」
女裝男被兩個女保全架著，就要拖出房間。他仍不死心，對著被艾佛夏抱在懷裡的方逢源呢喃：「你……你真的是男孩子？不是女孩子？」
艾佛夏扶著方逢源站起，方逢源站在艾佛夏身側，他眼眶裡已沒了淚水，取而代之的是某種澄靜，看得女裝男一怔。
「這不是理所當然的事嗎？」
他深吸了口氣，伸手勾起落在鬢邊的髮絲。
「我這麼可愛，想也知道一定是男孩子啊！」

女裝男被帶走後，韓茂山走進 801 號房裡來。
方逢源見他和艾佛夏低聲交談片刻，艾佛夏比了下床尾的方向，似乎說了什麼，韓茂山露出遲疑的神情，但終究是點了頭。
「……你自己小心，別做得太過火。」韓茂山說。
他又看了一旁髮鬢散亂的方逢源一眼，這才轉身領著保全離開。
房內只剩艾佛夏和方逢源兩人，艾佛夏往走廊張望片刻，關上了房門，走到床頭坐下。
方逢源一片雲裡霧裡，正要開口問什麼，但艾佛夏對他比了個「噓」的手勢。
他取下了鴨舌帽和太陽眼鏡，以全臉對著床尾的電視牆。

Chapter 16

方逢源還不明所以，艾佛夏便先開口了。

「Anthony，我知道你在看，我有話要跟你說。」

方逢源嚇了一跳，這才知道徐安東多半在房間裡預先裝了針孔。

方才若是方逢源沒反抗，又或艾佛夏沒進來的話，那女裝男不知道會對他做出什麼事，而那個YT，打算把這一切醜事全都錄下來。

「你一直很喜歡拍我呢，Anthony。」

艾佛夏開了場白，方逢源見他手裡還握著另一支手機。

「從巴黎時期就是如此，你的鏡頭總是追著我跑，即使我跟你說過我的身分不適合留下影像記錄，你還是樂此不疲。

「但我始終沒制止你，是因為我把你當朋友，朋友拍我，那是情趣，我也相信你會把它保留在你的硬碟裡，不會拿它來傷害我，或我所愛的人。」

艾佛夏嗓音染上一絲涼意，儘管語氣仍是雲淡風輕。

「你知道的，我是童星出身，從小活在鏡頭前，比起人的視線，我對鏡頭要更敏銳得多，誰躲在什麼地方拍我、錄我的影像，憑直覺就能知道。就像現在，我知道你透過鏡頭在看我一樣。」

他對著鏡頭招了招手，露出官方微笑。

「所以Anthony，你真的覺得，我在出租廚房那件事之後，還會對你的鏡頭毫無防備，任由你再用同樣的方式，替我除去『得寸進尺』的人嗎？」

艾佛夏的手機忽然響了起來，方逢源從後瞄了一眼，是「安於東方」。

但艾佛夏卻沒有接，只是持續平靜地坐在床頭。

「茂山哥一直認為，你持有當年我打盧其恩的影片。」他說了令人意外的話：「當初在出租廚房時，我就感覺有看到鏡頭，但事後 Mountain 數次帶人回去搜，都沒找到任何攝影機，我們就猜應該是你把它藏起來了。」

「我們不知道你收藏影片的目的，又不敢打草驚蛇，而且這兩年來，你始終沒有把它交給任何人，這讓我存著一絲希望，或許你顧念我們的友誼，把它銷毀了也說不一定。」

艾佛夏望向方逢源，臉上流露些許歉意。

「茂山哥幾次想跟你攤牌，我都說再緩緩，怕誤會了你，反而失去一個老朋友……直到我發現你利用來我家的機會，翻拍安古蘭做的方家徵信報告後，我才徹底放棄了。」

方逢源在旁邊一悚，早先和徐安東通電話時，徐安東曾稱讚他「不愧是私校出身」，方逢源還在納悶徐安東為何知道得這麼仔細。

「Anthony，我很遺憾，我本來想像真正的老友一樣，和你把酒言歡、秉燭夜談的，但沒想到第一次在你家喝酒，就是為了要蒐證。」

艾佛夏看著一度掛斷、又重新響起來的手機，像想起什麼般，唇角微微揚起。

「要讓你放下戒心還不容易，我還得在你面前裝醉。話說你還真紳士，沒有趁我醉了亂來，比起得到我的肉體，你居然想優先對付小圓，讓我有點傷心呢！該說你太膽小了嗎？害我沒錄到更精彩的東西。」

艾佛夏揚起手機，按了播放鍵，揚聲器清楚傳出徐安東那晚的嗓音。

『……你要救艾莫，還是顧全你自己，方逢源？』

「我知道你不在乎自己的名譽。」艾佛夏似乎知道徐安東的心思，他很快補充，

「但 Anthony，如果安家粉絲知道，安哥是個恐嚇學生、和跟蹤狂同流合汙，還利用自家妹妹的友情偷拍她朋友的混蛋，一但傳出去，不要說你們兄妹的頻道，你覺得徐亞莉還會有戲約嗎？」

艾佛夏忽然笑了聲。

「啊，你可能已經聽不見了，因為這個時間點，安古蘭的資訊工程師應該已經用我安裝在你電腦的程式，毀了你所有儲存裝置。現在科技真進步呢，只要有連上網路的設備，在專家眼裡都無所遁形，很可怕不是嗎？」

手機再次響起，仍舊是「安於東方」，這回艾佛夏總算按了接通鍵。

電話是接通了，卻好一陣子靜無人聲。

良久，方逢源才聽見手機那頭傳出像呻吟一般，虛弱而沙啞的問句。

「為什麼、我就不行……？」

艾佛夏潤了潤唇。

「我從來沒覺得你不行。」他語出驚人。

方逢源微露訝色，而電話那頭的男人似乎也同樣。

「我第一次看見你，就對你有好感。我那些所謂朋友，很多是看上我爸的人脈，我在這圈子這麼久，什麼人是真心對我好，什麼人懷抱著心機接近我，我不說破是因為有時裝糊塗比較輕鬆，但這不代表我是傻子。

「我會選擇跟你保持來往，也不單是因為亞莉拜託我照顧你，更多是因為我喜歡你這個人，Anthony。」

艾佛夏靜靜望著電視上方顫動的紅光。

「普羅旺斯那一晚，你問我：『如果對著女人起不來，那男人呢？』我回答你我不行，那並沒有說謊，我對多數男人沒有興趣，現在也還是一樣。

「但你沒有問我：『如果對著女人起不來，那「我」呢？』，如果你那時候這麼問我，你得到的，應該會是截然不同的答案。」

他深吸了口氣。

「你或許是擔心被我拒絕，不想破壞我們之間的關係。但Anthony，我只能說，你若沒有被人討厭的勇氣，或被人喜歡的自信，那我也只能配合你的劇本。」

手機那端傳來淺淺的抽氣聲，方逢源不確定徐安東是哭了，還是單純機械雜音，但艾佛夏已然放下手機。

「無論如何，做為演員，我還是很欣賞你，你有才華又有野心，以新人而言，你充滿潛力。所以不要再追著我了，回頭記得給亞莉打個電話，她很擔心你，這是我做為前輩給你最後的建議。」

他凝視著螢幕上「安於東方」四個大字，在徐安東啜泣聲中輕聲說：「很期待今後與你的共演，演員徐安東。」

艾佛夏掛斷了電話。

手機沒有再響起，房間裡外都靜無人聲。

「到底是怎麼回事……？」

方逢源見艾佛夏拔掉了裝設在電視上方的鏡頭，像幹完什麼大事一般，「砰」地仰躺回那張大床上，忍不住問道。

「你是指哪個？」

「徐安東先生……不，應該說，你怎麼知道跟蹤狂會出現在這裡？還有那些保全，韓茂山先生也……」

方逢源陷入混亂，艾佛夏像是十分欣賞他的混亂般，側身過來，頑童一般支頤對著他笑著。

「事情就跟我剛才說的差不多，我和茂山哥從兩年前出租廚房事件開始，就密切注意徐安東的動向。這次和徐安東共演，我也一直在找機會試探他，也因此發現他和那個跟蹤狂有聯繫的事。」

「但那個女裝男，到底是……」

「你不是給我看了你被偷拍的照片嗎？我那時候看見那些照片，就覺得很有既視感，好像在哪見過，就回頭翻了茂山哥委託徵信社調查你的照片……我很抱歉，我不知道Mountain會做到這種程度。」

方逢源倒不覺得意外，先前艾佛夏突然提及他成績的事情時，他便覺得案情不單純，沒想到那位保父這麼看得起他，竟花錢調查他這種平凡無奇的人。

「徵信社也好，跟蹤狂也罷，同樣是偷拍，光圈、彩度和取景習慣，每個攝影師風格不盡相同，我好歹被他們拍了半輩子，這方面敏銳度還是有的。

「我發覺偷拍你的人，跟某個我們用過的攝影師風格很接近，就請茂山哥跟徵信社負責人連絡，把那位攝影師揪出來。」

艾佛夏說，這名攝影師原先在影視公司工作，有數次跟蹤藝人、偷拍明星的前科，後來因為私闖女演員民宅，鬧上警局被開除，也才會淪落到徵信社。

負責人查了該攝影師放在公司的電腦硬碟，他對自己的行為毫無病識感，居然不加遮掩，裡面滿滿是方逢源各種玉照，多達數千張。

「這人確實是你的粉絲，知道你就是方糖後，我請負責人查過他的上網記錄，發現他一直有在追你的頻道，ID有好幾個。最常用的就是『方糖新郎』，後來又改成『螳螂』，不過大概是怕被追出真實身分，從沒斗內過就是了。」

方逢源恍然，難怪女裝男會說「利用工作的機會來見你一面」了，沒想到世間竟有這般巧合。

「我們本來想讓保全部門約談他，但茂山哥發現，這位攝影師數次出現在只有內部人士才能出入的地方拍照，懷疑我身邊有內鬼，而這個人，很可能是共演者之一，就是徐安東。」

艾佛夏說，韓茂山要自己先按兵不動，想趁機蒐集徐安東的把柄，好逼他把當年的施暴影片吐出來。

後來盧其恩所屬的悅聲公司預告記者會，說有確切證據要提出時，韓茂山便隱約猜測到，徐安東與悅聲之間存有交易。

「我問過亞莉，她說悅聲那邊還沒取得關鍵證據。」艾佛夏感慨，「好在她還願意站在我這邊，我和茂山哥認為事情還有轉機，得趕在記者會前行動。」

但徐安東心思縝密，又疑心病重，無法確知他把檔案藏在哪些地方。

韓茂山於是祭出美人計，利用徐安東對艾佛夏的感情，讓自家藝人依工程師指示，在徐安東身邊上演這麼一場世紀大戲。

「我從Anthony那裡騙到電腦密碼，也找到關鍵檔案。但我不敢太早毀掉影片，怕被他察覺，萬一他還有其他備份，狗急跳牆那就不好了。」艾佛夏笑得像顆小太陽，「好在他自己按捺不住，出手在我面前威脅你，茂山哥認為這足夠讓他投鼠忌器，才決定趁今天一網打盡。」

「……所以你才會一直跑去徐先生家。」方逢源喃喃說。

「我稍微利用了你，抱歉。」艾佛夏口上道歉，臉上卻笑意盈盈，「我跟徐安東說，我還是不行，沒辦法對你勃起，覺得人生無望，想尋求他這老友的安慰。好在你在片場也表現得失魂落魄，這讓他更加深信不疑，我們兩個吹了，他又再一次成功守護我的貞操，也才會對我完全不設防。」

方逢源禁不住臉紅，「那你……拍攝的時候失控，也是裝的？」

Chapter 16

「一半是，一半不是。我是真對他有點火大，想說嚇嚇他也爽，我好歹演了二十年的戲，這點小事難不倒我。但後來我自己也入了戲，你來找我的時候，我還真有點緩不過來。」

他嘆息，「好在你劈頭就跟我說諾亞方糖的事，那真的嚇也嚇醒了。」

方逢源耳根發熱。

「你……你不生氣嗎？我、我早知道你就是黑糖佛卡夏，卻還一直瞞著你。」

「生氣倒是不至於，畢竟要虛擬主播主動曝光中之人，也太強人所難。」艾佛夏苦笑，「但我是真的很驚訝，非常驚訝。那天你離開後，茂山哥來找我，跟我說有人在停車場偷拍我們時，我都還處在震驚的情緒裡。」

「……等等，韓先生一直在車外面?!」方逢源很快抓到重點。

「呃，我有試圖告訴你，但你那天超級熱情的，一上來就對我上下其手，聽到你洗乾淨屁股等我插時，我就沒辦法思考了……反正茂山哥也不是第一次旁觀我跟別人做那種事了。」

方逢源臉燙得像蒸氣熨斗，保母車雖然從外看不見裡頭，但還是聽得見聲音。

想到那些淫蕩的自述、那些狂亂的叫床聲，全給那位保父聽得一清二楚，方逢源便羞得無地自容，都不知道今後要用什麼臉在片場共事了。

「我後來回想很多細節，還有在你面前說的話，覺得自己真是全天下最愚蠢的人。之後幾次直播我都沒辦法發言，因為覺得太羞恥了，但同時我也覺得很高興，原來我們的緣分這麼早就註定了。」艾佛夏柔聲。

「那你……會覺得失望嗎？」方逢源忍著臉熱問：「我是說，諾亞方糖這麼可愛，但裡面卻是像我這麼平凡的男孩子。」

艾佛夏露出狡黠的笑容。

「這個嘛，我還不大確定呢！」

方逢源臉色微微一白，但艾佛夏很快翻身坐起，在方逢源來得及逃離床緣前，一把將他撲倒在大床上。

「因為我還沒有清楚看到諾亞方糖的『裡面』啊，上次保母車實在太暗了，我什麼都還沒看夠，就把你吃乾抹淨了。」

他低下首，啄吻方逢源燥熱的唇瓣，俯視他逐漸泛紅的脖頸，伸手解開他上衣第一顆釦子。

「既然徐安東都開好房間了，不好好利用一下，就太對不起他了，對吧？」

「游泳池外景第一鏡，take one，action！」

年關前，冬季的末尾，劇組進入《這麼可愛》第六集終幕的拍攝。

而二月中旬，播出了《這麼可愛》第五集白家晚宴的大戲。

後製在朱導演的獨斷決議下，保留了艾佛夏失控的版本，包括艾佛夏作勢刺殺徐安東，還有崩潰痛哭的部分，全數一刀未剪。

方逢源是跟著工作人員一起實時收看的，看到女裝唐秋實撲倒白欒光時，全場歡聲雷動，還有人起身鼓掌。

電視上的艾佛夏流著淚、畫著濃妝，把海棠紅插上安東尼的髮際，鏡頭特寫安東尼嚇到痵呴(氣喘)的臉，還有艾佛夏瘋狂中帶著絕望的神情。

播出後獲得空前的迴響，不單是小太陽粉，許多路蘭的老戲迷也為之瘋狂。

@RolanDontGO（5分鐘前）：太像了，那身衣服，好像看到路蘭女士復生一樣（爆哭貼圖）……

@MotherSonDon（5分鐘前）：我本以為路蘭兒子就是個靠臉吃飯的，但果然有其母必有其子啊！

@BLLove0857（4分鐘前）：我不看BL的，但《這麼可愛》也太好嗑了吧！！就算不看戀愛的成分，劇情也好燒腦！到底唐秋實是白蓮花還是綠茶婊啊？

@CPKitchen3（4分鐘前）：我好期待最終集，什麼時候播出啊？我要請假追！

@AverMyTRUELove（4分鐘前）：希望再看到更多艾佛夏出演的戲……

《這麼可愛》殺青前最後一幕戲，是游泳池的外景。

在《雙軌》原作中，唐秋實所以會傾心於白樂光，是因為不諳水性的他，有次到游泳池為妹妹比賽加油時，被人惡作劇推下泳池。即將沒頂之際，白樂光天神降臨般地躍入水中，拯救了性命垂危的他。

唐秋實從此芳心暗許，而泳池，也成了決定唐家兄妹命運的重要場景。

《雙軌》的最後，唐秋實和唐秋香徹底決裂，唐秋實向妹妹坦白車票的事，並要求妹妹滾出自己身體。

唐秋香也看清了唐秋實的真面目，抓狂之下，決定殺害自己的親哥哥。

兄妹倆人鬼相見、分外眼紅，兩人在游泳池邊談判，展開身體爭奪大戰。

性格強悍的唐秋香一度占了上風，她占著身體主控權，操縱不會游泳的唐秋實來到池邊，往水池一躍而下，打算將哥哥的靈魂溺斃。

唐秋實拚命掙扎，兩人在水中驚險搏鬥。

最後白樂光千鈞一髮之際趕到，救出了唐秋實，並在池邊向他懺悔告白。

看到白樂光的反應，唐秋香終於明白自己徹底無望，萬念俱灰下，決定退出這場戰爭，流著

這麼可愛一定是男孩子

淚水黯然成佛，這是電視劇版本的結局。

原作的結局其實殘酷許多，唐秋實是突然發狠反將一軍，把妹妹的鬼魂活活掐滅，邊掐還邊說：『你知道男人唯一勝過女人的地方是什麼嗎？那就是暴力！』呼應了原作裡唐秋實心機深沉的設定。

但電視劇考量到艾佛夏形象，改成較溫和的版本，只讓兄妹在水裡打了一架。

湯元孝不會游泳，她未滿二十歲，水中搏鬥風險又高，製片決定女演員的部分採用替身，將請特技演員擔綱大任。

艾佛夏則表示要親自上陣，他演過跳水選手短劇，有救生員執照，水性極佳。

方逢源幫著工作人員整理泳池周邊環境時，艾佛夏正給服裝組的Monica上妝。

他已換上泳褲，赤裸的鎖骨上，有個小但醒目的粉色印子。

Monica還問他：「艾佛夏先生怎麼了嗎？被什麼蟲咬了嗎？」

艾佛夏臉露微笑，「是啊，好大的蟲子呢！沒想到冬天還會有這種大蟲子，咬得我渾身都癢了。」

方逢源在一旁臉熱到都快熟了，只能拚命埋頭工作。

那天他們大戰三百回合，將房間物盡其用後，雙雙被韓茂山載回安古蘭辦公室，在那裡聽取了事情始末。

韓茂山說，那個跟蹤狂向警方坦承了所有事情。

他說他之所以會出現在飯店，是因為有位自稱也是方糖粉絲的人告知他的。

那位「粉絲」從今年初便頻繁跟他接觸，說有內部情報，能提供他和諾亞方糖中之人見面的機會，條件是讓他把拍攝到的方逢源私照全pass一份給他。

但警方搜查了該位攝影師的手機，發現對方使用Telegram，記錄會定期消滅，竟是半點與徐安東相關的證據也沒留下。

「我答應過徐亞莉，不會直接對他哥出手。」艾佛夏略顯遺憾地說著。

這事後過不久，盧其恩所屬悅聲經紀公司，公告取消了原定的記者會。

盧其恩以手寫信的方式，在推特發了篇長長的道歉文，說自己造成社會騷動，深感抱歉，並說她和艾佛夏已經和平分手，過去的事就讓它過去，希望媒體不要再追問照片和影片的事情，其餘隻字未提。

方逢源想悅聲多半也被徐安東擺了一道，本來認定能從他手裡取得關鍵影片，但沒想到徐安東自始就沒配合意願，經紀公司最終只能啞巴吃黃蓮。

而盧其恩發推沒多久，艾佛夏的官方帳號也做了回應，只有短短一句話。

「Sorry. Can't Keep Lying anymore.」（抱歉，無法再繼續說謊下去）

這意味深長、仿寫Ruka當初爆料的句子也引起諸多熱議，搭載艾佛夏新劇熱度，在SNS上霸占趨勢了一陣子，直到被另一則政治人物的醜聞蓋了過去。

那之後方逢源在片場遇到徐安東，他依然溫文有禮、笑容可掬，像是沒有發生過那些事情一般，戲當然也照演。

艾佛夏說，徐安東很可能還保留部分檔案，以那人的深謀遠慮，不可能把雞蛋放在同一個籃子裡。但現在安古蘭持有他整個私人電腦檔案，據韓茂山透露，裡頭有不少足以毀掉徐家兄妹的資料，以妹妹徐亞莉為挾，徐安東便不敢輕舉妄動。

艾佛夏說得雲淡風輕，但方逢源是第一次經歷這種爾虞我詐、親近的人相互背刺的戲碼，只覺胃裡寒意難平。

且艾佛夏竟能和徐安東正常對戲，最後一集兩人還有吻戲。

徐安東在暖陽照撫的公司屋頂上，枕在艾佛夏的腿上，說著白樂光對唐秋實最後的告白：「秋實，無論你的靈魂是男是女，都是我心目中最可愛的存在。」

兩人在鏡頭下摟抱、淺吻、相視而笑，看不出半點違和，許多工作人員還感動到哭了。

他在吃外景便當時提及此事，艾佛夏便笑說。

「哪有什麼問題？你不是說了，所謂演戲就是扮演另一個人，觀眾要看的是角色，除非跟蹤狂，誰在乎你的『中之人』有何恩怨呢？」

「唐秋實，你不覺得你很可悲嗎？」

女演員湯元孝站在外景游泳池邊，穿著連身泳衣，臉上化著鬼妝，嘲諷地對著眼前同樣穿著泳褲，髮鬢散亂的艾佛夏。

包括方逢源在內，所有工作人員都屏息以待，看著針鋒相對的兄妹二人。

經過這幾個月共演洗禮，女演員成長不少，演技也明顯進步。

「我都知道，你以前常跑來看我和白學長游泳，對吧？我以為你是看上我們泳隊的女生，但其實你是想看白學長。哈！笑死人了，一個大男人，像個小女孩一樣搞暗戀。」

「我只是……」

「我都看見了，哥，你以前會偷穿我衣服吧？你穿著我的制服裙子，對著鏡子裡說：『樂光學長，我喜歡你，你可以摸摸我的頭嗎？』」

艾佛夏臉色遽變，往池邊退了一步，湯元孝仰天大笑。

Chapter 16

「太悲哀了，唐秋實，冒牌貨永遠都是冒牌貨，就算穿再多的裙子，你的靈魂依然是男人，不會變成女人……」

「……住口！」

「我偏要說！你以為穿上裙子，演出『唐秋香』的樣子，學長就會愛上你嗎？別傻了，男孩子再怎麼可愛，都不可能勝過女孩子啊！學長只是因為我不在了，才勉為其難喜歡你，否則他怎麼會讓你扮女裝跟他出去，還從不制止你？」

「唐秋香，妳給我閉嘴！」

「Cut！OK了！」朱導演喊道。

兩名演員都立即停下動作，湯元孝惶恐地朝艾佛夏鞠了個躬。

下一幕就是唐秋實伸手推唐秋香，而唐秋香藉機操控唐秋實的身體，兩人摔入水中搏鬥的場景。

唐秋香部分由特技演員接演，製片請了旅外的本土演員，她為了演出這短短一幕戲，特別飛回國內。特技演員早早便抵達片場，是個長相明豔、五官深邃，身高比湯元孝略高，身材纖瘦的美麗女演員。

「您好，我叫Summer，叫我夏姊就可以了。」

女特技演員剪著俐落的短髮，在服裝組協助下，換上與湯元孝同樣的連身泳裝，戴上長假髮。她四肢結實，看得出來經過鍛鍊，但腰肢纖細，背影看過去和湯元孝確實有幾分神似。

「真巧，我藝名是艾佛夏，也有個夏字。」

艾佛夏與她握手，發現她掌心粗糙，相當骨感。

「艾佛夏嗎？好特別的名字。」女演員笑道。

這麼可愛一定是男孩子

艾佛夏意外地問：「您不知道我嗎？」

女演員歉然，「我長期在國外活動，最近因為工作才回國，也不是很常看電視，但我知道您是名人。」

艾佛夏問：「您平常在哪裡高就呢？」

「在新加坡，我先生是新加坡人，我們在曼谷認識，結婚之後才搬過去的。」

「那怎麼會接我們劇組的 offer？」

女演員笑了笑，「前些日子在網路上看到有人拍攝你們劇組花絮，就是那個安娜什麼的 YouTuber，在影片裡看到在意的人。剛好你們在公告徵特技演員，就想說來試鏡看看，沒想到會被選中。」

「在意的人……？」艾佛夏一怔。

但女演員沒多作解釋，只是掃視了一圈片場。

「我喜歡你們的氛圍，感覺就是能拍出好戲的劇組……真令人懷念啊。」

女演員和艾佛夏依循著技術指導，詳細對了水中搏鬥的戲。女演員相當專業，即使看似激烈的肢體交纏，也謹慎地護住艾佛夏脖頸，不讓他吃水太多。

對戲告一段落後，女演員還在水中秀了一段俯衝，又跳了段頭下腳上的水中芭蕾，動作俐落而優美，池邊工作人員都鼓掌叫好。

艾佛夏一時興起，說想跟女演員比賽自由式競速，女演員欣然應允。

一群工作人員圍在池邊看熱鬧，朱晶晶還帶頭幫喊了「預備備」的口號，方逢源本來在倉庫整理道具，聞聲也出來到池邊。

他看見站在艾佛夏身側，面帶微笑，準備跳水的女演員，頓時怔住了。

Chapter 16

「一、二、三，Go！」

朱晶晶洪亮的嗓音響起的頃刻，艾佛夏和 Summer 同時躍入水中，艾佛夏勢頭猛烈，起頭第一步略微領先，工作人員也跟著起鬨。

「艾莫小子，加油啊！」

「國民男神，可不要輸給女人啊！」

但女演員不過滑了兩次水，便輕易超前艾佛夏。

之後女演員一路領先，到折返點時，她輕快地觸摸牆面，像游魚一般精巧地轉身，最終抵達原點時，艾佛夏甚至連回程一半都沒游完。

「妳也太強了吧！」艾佛夏溼淋淋地上岸，邊搖頭邊苦笑，「我沒想過我游泳會輸給女孩子，甘拜下風，Summer 女士。」

他伸手與她交握，女演員依然笑容和煦。

「哪裡，我的特長，也就只有速度而已。」

正式拍攝也相當順利，幾個鏡位都是一次 OK，女演員在朱導喊了「Cut! OK!」後，便自行輕巧地躍上岸。

助理從池裡撈出滿臉是水的艾佛夏，替他披上大浴巾。

這幕同時也是《這麼可愛》艾佛夏最後一個拍攝場景，到此全劇殺青。

湯元孝換回正式服裝，被工作人員簇擁著回到池邊，和艾佛夏一塊並肩站著。

Alice 抱了滿滿一大束鮮花，中心是豔紅的海棠，兩旁是純潔的百合，花束有半人高，遮了艾佛夏半邊臉。

助導在一旁大喊：「恭喜我們的主演，艾莫艾佛夏，今天最後一場戲順利殺青，大家掌聲鼓勵鼓勵！」

片場響起震天價響的掌聲，艾佛夏擺出紳士作派，裝模作樣地向四方鞠躬答禮。

「謝謝大家，很榮幸參與這齣戲的演出，每個工作人員都很棒，特別是服裝組，沒讓我變成金剛芭比真是太好了。」

他笑著看了一眼Alice身後的女子們，又斂起肅容。

「雖然參演前，我自己正值多事之秋，給各位添了不少麻煩，但好在最終都有個好結局。更重要的是，這是一部真正的好戲，是你們與我共同完成了它，最後一集我一定會實時看播出的，食言的話十公斤胖回去。」

他在眾人笑聲中朝著朱晶晶深深一鞠躬，後者重重搥了他背一拳，工作人員再次熱烈鼓掌，歡呼聲幾乎掀翻了泳池。

一旁的湯元孝滿臉是淚，她似乎第一次經歷殺青的場面，握著艾佛夏的手哭個不停。

「艾前輩，謝謝你。還有對不起，給你添了這麼多麻煩，但你真的好棒，比以前電視上看到的還要棒，我以後也會一直支持你的嗚嗚嗚嗚……」

艾佛夏被朱導演抓去旁邊敘話，特技女演員說自己得去趕飛機，便先向工作人員告了辭。她收拾拉桿箱，走向通往游泳館外的長廊時，忽然被人從後頭叫住。

「請等一下……！」

女演員頓住腳步。

叫住他的是個面容亮麗，身材纖細的男孩。
他穿著白色窄裙套裝，胸口別著水鑽胸針，頭髮高高紮起，腳上是五公分的橘色跟鞋，和耳上的幾何耳環相襯，脖子掛著條捕夢網項鍊。
「有什麼事嗎？」女演員背對著他問道。
男孩似乎在壓抑什麼，他平復呼吸，緩緩站直身軀。
「我叫做、方逢源。」
他報了全名，女演員依然無動於衷。
「先說我是男的，只是平常習慣穿成這樣。」男孩語氣躊躇，「那個、Summer……女士，我、我有事情想請問您。」
方逢源說到這裡就停住了，而女演員沒回話，也沒轉過身。
她維持背對方逢源的姿勢，忽然開口。
「……人，真是追求速度的生物呢！」
她聲線沙啞，像感冒一般，方逢源全身一震。
「游泳也好，跑步也罷，就算是做起工作、談起感情來也一樣，不論是男是女，只要速度夠快的話，就會受人尊敬。」
方逢源唇齒顫抖，他站在長廊上，對著天花板深吸了三、四次氣，好不容易才放緩了呼吸。
「好像是這樣沒錯。」方逢源咬著牙說：「以前有人告訴我，速度夠快的話，就能夠逃去任何地方、實現任何願望，就能夠自由。」
女演員沒有答話，但方逢源見她略嫌寬闊的肩線，竟微微顫抖著。
「妳……到妳想去的地方了嗎？妳實現願望了嗎？」方逢源問她。

女演員側過了頭，彷彿在強忍轉過頭的欲望，方逢源看她握緊了拳頭，再放鬆，等再開口時，已經是如常的嗓音。
「嗯，雖然還有很長的路要走就是了。」
她頓了一下，又問：「那你呢？你過得好嗎，方……逢源？」
聽見這聲稱呼，方逢源再也忍耐不住，在女演員身後淚如雨下。
他不斷地哭著，跪倒在游泳池館旁，哭得喘不過氣。
他拚命想壓抑住哭聲，但徒勞無功，他妝容哭得全花，瀏海也汗溼成一團，但好在工作人員似乎都還在池邊慶賀殺青，沒人注意到這頭。
女演員始終沒移動過腳步，就這麼靜靜等待著他。
「……嗯，我過得很好。」方逢源好不容易緩過了氣，吸了兩次鼻子，「我們都過得很好，我跟我媽和解了，她說我穿衣服的品味很好，我們下週要一起去中部逛outlet。另外她最近要生小寶寶了，是琅久叔的孩子，預產期是今年夏天，小時要搬過去跟他們住，順便照顧弟弟。」
他一股腦地報告著。
「我和小時有合開直播臺，是個叫『諾亞方糖』的虛擬VTuber，訂閱已經破萬了。現在我一邊念書，一邊在朱導手底下打工，明年可能會去新加坡拍戲。
「還有我跟演員艾佛夏在交往，就是剛剛跟妳比游泳的那個帥哥，我們還沒討論未來要怎麼辦，但夏哥說總會有辦法。」
方逢源隱約看見女演員笑了。
「是嗎？那太好了。」她喃喃說：「真的……太好了。」
方逢源見她往前走了兩步，又停下腳步。

「我有樣重要的東西，剛才好像落在游泳池邊了。」女演員深吸了口氣，仰頭望向館外無拘無束的天空，「但我現在急著去趕飛機，可能來不及回去撿。你可以先幫我收起來，等下次見面再還我好嗎……小源？」

方如冬的死亡宣告裁定下來了。

雖然律師說大約一個月的時間，實際上卻等了足足三個多月。

等挺著大肚子的魏承安帶著他和方逢時，去律師處商談父親的繼承事宜時，已是春天來臨的事。

在母子三人詳談過後，決定把鐵皮屋轉手賣出，買下鐵皮屋的建商，似乎打算原地改建成便利商店。鐵皮屋預定在今年夏天拆除，而方逢時已經準備好搬去張琅久買的套房，這幾日方逢源都在陪著她裝箱。

兩人退掉網路線，收拾凌亂的電線，家中的家具、電器泰半作了古，都送給附近的資源回收阿婆。

他們沒請搬家公司，方逢時也沒多少隨身物品，讓張琅久和他的痛車權充一趟搬家工人了事。倒是方逢源的搬家事宜令人頭疼，光是首飾和各類配件化妝品，就裝了二十幾箱還塞不完，更別提那些大量的手作衣物。

方逢時如願接收了那張電競椅，因為方逢源實在負擔不了更多運輸費用了。

喬遷前夜，天空下起了傾盆大雨，比之方逢源和艾佛夏初吻那日有過之而無不及。

這麼可愛一定是男孩子

方家兄妹倆坐在即將變成大型垃圾的中古沙發上，仰望堆到天花板的紙箱群，聽著房頂每回大雨時，如打擊樂演奏會一般的落雨聲，一時都有些出神。

「……哥，你真的沒問題嗎？」

方逢時先開了口，她顯得憂心忡忡。

「嗯，我打算在市區租個套房，朱導演有給我助理薪水，夠支應我日常生活，再說諾亞方糖的斗內狀況也越來越好了。」方逢源說。

最近幾次諾亞方糖直播，除了依然熱情的黑糖佛卡夏外，還多了另一個奇妙的新粉絲。粉絲的暱稱是「如冬勝夏」，他第一次參與直播，就給了方逢源六千六百六十六塊的高額斗內當見面禮。

且之後的聊天環節，黑糖佛卡夏每斗內個五百元，這位「如冬勝夏」就斗內五百零五元。黑糖佛卡夏斗內一千元，「如冬勝夏」就加碼到一千一百元，硬是比黑糖佛卡夏多出一成，較勁意味十分明顯。

聊天室還跟著起鬨。

「喔喔，警長的情敵出現了嗎 LMAO？」

「叫『勝夏』耶，這根本是嗆聲了吧 wwwww」

「POG 佛卡夏要小心啊，感覺對方來勢洶洶，再不多斗內一個零，親爹地位要不保了喔？」

到後來佛卡夏也怒了，和如冬勝夏競相高額斗內，兩人你一百我一千的，好幾天諾亞方糖的斗內總額都衝到新高。

「不，我是說艾佛夏的事，你和他，還好嗎？」方逢時問道。

方逢源沒有回話，方逢時便說。

「他最近又紅回來了，一堆新戲找他，明年好像要去首爾拍戲的樣子，國內也一堆談話節目發通告給他。之前他和Ruka在一起，才沒多挖他的緋聞，但現在他們分手，那些狗仔一定又會沒事找事。」

方逢源笑了笑，「沒事的，夏哥比我們以為的都還要能幹，雖然有時候會有點掉線就是了，但關鍵時還是滿有用的。」

方逢時神色稍霽。

「那就好，我相信你的眼光，你說沒問題，那就一定是沒問題。」

方逢源扯起唇角，「當真?妳不是老唱衰我，說我是方舟，而對方是航空母艦什麼的嗎？」

「……雖然是小方舟，但是我最可愛的哥哥啊！」

方逢源微露訝色，方逢時拉過方逢源的手，兩人相視片刻，眼眶都不自覺潮溼起來。

「真是太好了……其實我一直很擔心，擔心對方不夠認真，或是哥不夠勇敢，也怕哥會再一次受傷，你已經受過太多傷了，從小到大。我不想再看到任何人欺負你，讓你像那時候一樣縮著裝死。」

方逢源指尖微顫，忍著沒讓眼淚掉下來，方逢時便伸出手，撫著自家哥哥柔順的髮頂。

「以後應該會很辛苦，會遇到很多的困難，但我相信哥。哥，你也要相信自己，因為你值得這一切，真的。」

《這麼可愛》最後一集播出，艾佛夏最終還是食了言，沒能實時看播出。

他選在即將拆遷的鐵皮屋裡，和方家兄妹一塊收看OTT平臺下載檔。

唐秋香在泳池邊萬念俱灰、黯然成佛，從唐秋實的體內消失。

而白樂光也和唐秋實和解，兩人互剖心跡。

唐秋實明瞭到白樂光冷酷的性子，其實是因為幼時受到母親嚴酷的教育所致，也才會不惜讓他假扮女人，也要討好母親。

『你最近，已經不會再看到「唐秋香」的幻影了吧？』

暖陽下，兩人並肩在樹影間散步著，白樂光詢問唐秋實。

唐秋實愣了下，『幻影……？』

『是啊。我問過白家身心科醫師，他們說你喜歡男人，但你的家庭教育又讓你認定男人不能喜歡男人，這讓你下意識地認為，要是自己是女人就好了，就能夠光明正大地喜歡我，所以不自覺地模仿起秋香。』

白樂光牽著情人的手，語氣前所未有的溫柔。

『你失去了唯一的親人，還是你曾模仿過的親妹妹。出於悲傷和愧疚，覺得應該代替她活過接下來的人生，這才對得起她，也對得起你自己，才會說出秋香侵占了你身體這種話。』

唐秋實顯得有些驚慌，『不，秋香她是真的……』

『她的鬼魂附在你身上，是吧？最初聽你這樣講時，我就猜到了。某方面來講你說的也是事實，秋香能光明正大地喜歡我，但你不行，這件事就像鬼魂一樣，多年來一直糾纏著你，讓你無法以真面目愛自己，進而愛人。』

白樂光停下腳步，用雙手摟住唐秋實的肩，低首吻在他唇上。

『所以我才想先順著你，認定是鬼魂糾纏的話，你反而比較能面對你內心深處的傷……而我很高興你終於走出來了，秋實。』

唐秋實一片茫然。

他看著遠方那株染了楓紅的大樹，唐秋香的身影彷彿又站在那，對著他厲聲指責：『你死心吧！你不配得到白學長的愛！』

但他一眨眼，妹妹卻已消失無蹤。

唐秋實知道，唐秋香再也不會現身了。

『也是，這世上哪來的鬼魂呢？』唐秋實苦笑，『說到底離了身體，靈魂根本沒有男女之分吧！所謂靈魂，只是人編造出來安慰自己的假象。』

『不，靈魂當然存在。』

唐秋實訝異地望向他，白樂光便按住他的肩，抬起他的下顎。

『你的靈魂就在這裡啊！秋實，你的談吐、你的工作態度、你對待所愛之人的方式，還有你選擇的衣服、化的妝、挑的鞋，你所展現的樣子，還有你在世人面前扮演的『角色』……這一切的一切，都是你的靈魂。靈魂一直存在，是千真萬確的。』

他低下首，吻在唐秋實柔軟的唇上。

『而我接觸了你的靈魂，受你吸引，進而覺得你可愛，最終愛上了你，也是千真萬確的。』

《這麼可愛》的結局令方逢源大受震撼，他看著結尾跑動的字幕，握緊一旁艾佛夏的手。

「你可真是……演了一部好戲啊！夏哥。」他喃喃說。

結局播出後，網路上的反響也相當熱烈，各大論壇充斥著各類討論文，YT們也競相拍影片分析。

觀眾大致分成兩派，有人覺得唐秋香的鬼魂實際存在，也有覺得只是唐秋實眠夢（作夢），還舉出各

這麼可愛一定是男孩子

種伏筆以實其說。

「我的媽呀！看到結局我雞皮疙瘩都起來了！」

「我該說什麼？醒醒吧唐秋實其實你並沒有妹妹！」

「知道唐秋香的鬼魂有可能根本不存在後，再回頭去看這整部戲，很多地方都有不一樣的詮釋，白樂光好像也沒那麼渣了。」

「什麼？我看不懂這操作，所以唐秋實就單純是女裝癖嗎？同性戀女裝癖心機婊外加思覺失調精神分裂，一次上這麼多buff可以嗎?!」

「神作啊啊～～！我要去補《雙軌》原作漫畫惹！！」

還有人祭出長篇分析文。

「以前聽到『大人外觀下有顆小孩的心』、『女人的身，硬漢的魂』，都覺是騙人的玄學，世上哪分什麼肉體靈魂？又有誰能證明靈魂長怎樣？

「但看完這齣戲，我有點改觀了，肉體是一回事，但選擇讓人們怎麼看待你的肉體、怎麼裝扮肉體，又是另一回事。而我們誰也不能說哪邊是不存在、不重要的，難道不是嗎？」

「是吧？我因為這戲有被提名金獎喔，我和安東尼都有，連湯元孝也有最佳女配角。朱老師高興壞了，就說BL劇最棒了，女裝也是。」艾佛夏一臉得意。

「安哥也有得獎喔？」方逢時在一旁插口問。

「妳不知道嗎？妳不是他的粉絲？」方逢源一怔。

方逢時聳了下肩，「喔，我已經脫粉了，連那個抱枕我都轉手賣掉了。」

見兄嫂兩人都一臉震驚，方逢時說：「你們不知道嗎？他在《這麼可愛》最終集播出後沒多久，忽然在某次直播坦白自己是gay，還說他從沒喜歡過女人。」

方逢時攤了攤手。

「我對他的性向是沒什麼意見啦！也希望他能幸福，但之前他一直炒跟亞莉安娜的CP，現在又突然出櫃，怎麼說，有種夢醒了的感覺。」

她望著艾圓二人勾著的手指，刻意嘆了口長長的氣。

「我現在對追藝人這件事也沒這麼熱衷了。唉，畢竟追星再怎麼追，都沒辦法像我哥一樣，把國民男神追回家裡啊，何必呢？」

《這麼可愛》被提名了數個影視獎項，不單是角色，也包括幕後。

艾佛夏的女裝角色受到眾人一致的讚揚，許多評審認為，能讓一百八十公分的大男人穿上合宜的女裝，是非常考驗服裝師功力的事。

隨著《這麼可愛》大紅，艾佛夏也重回國民男神的行列。

各種邀約紛沓而至，原先的綜藝《型男主廚》重啟自不用說，因為收視率良好，還被挪移到黃金熱門時段。

就連投資拍攝《惡警捉迷藏》的影視公司，都給艾佛夏來了offer，希望他出演來年春季雙男警的刑偵推理故事《一七四：超常事件小組》，艾佛夏終於能如願再穿上警察制服。

艾佛夏忙得不可開交，而方逢源這頭也不遑多讓。

朱晶晶來年夏天要赴新加坡拍戲，指定隨身攜帶他這位助理。

方逢源現在每隔兩日，就會去朱晶晶所屬的工作室一趟，除了學習幕後事宜，也照顧這位豪邁藝術家的生活起居。

「諾亞方糖」最近破了一萬五千訂閱，為了新的電子專輯，艾佛夏和他成天湊在一起研究編曲。有時研究研究著，就研究到諾亞方糖的「裡面」，自不用細表。

這麼可愛一定是男孩子

「你乾脆搬來跟我住吧？」那天艾佛夏趁著深夜散步時問他。

兩人並肩走在又暖和起來的春風裡，艾佛夏穿著俐落的黑色運動帽T、Nike運動鞋。而方逢源穿著Addidas粉色緊身長褲，頸上依然掛著捕夢網項鍊。

「雖然有被拍到的風險，但我看Mountain也看開了，反正是遲早的事，被拍到就認愛算了。」

方逢源沒有回應，他猶豫片刻，從懷裡抽出一本小冊子遞給艾佛夏。

「這是什麼……？」艾佛夏一怔。

「我爸的存摺。」方逢源說：「應該說，是死去方如冬的存摺。」

艾佛夏不解，「怎麼會有這個？你不是說你爸失蹤時，把所有私人物品和資料都一併帶走了嗎？」

方逢源沒有正面回答，只說：「你打開來看看。」

艾佛夏掀起存摺一角，只看了一眼，便發出倒抽一口氣的聲音，以一種驚嘆的目光看著方逢源。「等等，這上面的數字……」

方逢源也神色複雜，「當初我和小時只顧瘋狂存錢，我們也沒細算存了多少，沒想到七年竟可以存這麼多。」

他望著身邊的艾佛夏，眼神認真。

「我跟小時談過了，她說這筆錢，是我爸親手交還給我的，應該由我收下。我想用這筆錢租個套房，除了當住所，還有『諾亞方糖』的直播間外，未來也想成立設計工作室。」

春風撫過，吹亂了男孩的長髮，方逢源將它勾到耳後。

「這世界上有很多跟我一樣，或跟我不一樣的男孩，我想設計出貼合他們身體，讓他們穿得美麗、穿出自信的……服裝。」

兩人返程走回艾佛夏寓所途中，艾佛夏忽然問道。

「你那存摺裡面，是不是有夾了什麼？」

方逢源一怔，他檢視存摺片刻，發現最後一頁還真的夾了張小卡紙。卡紙似乎是張名片，名片上是方逢源看不懂的文字，艾佛夏說那是泰文。名片正中央寫著人的名字「Summer」，稱謂是「女士」，而上方則是地址和電話，料想是這位Summer女士的連絡方法。

方逢源心情激動難以抑止，他把那張名片翻過來，發現後面還寫了行字。是手寫的英文，艾佛夏湊過來，與他一同讀了起來。

Be Yourself
做你自己
Courage to be Dislike
有被討厭的勇氣
And Ready to Love
然後，自信地去愛

方逢源用顫抖的手拿著那張卡片，直到艾佛夏摟住他的肩膀，低首親吻他眼角的淚光。

男孩牽起男人的手，拭乾眼淚，露出笑容，與他一起走上回家的路。

——《這麼可愛一定是男孩子・下》完

Sidestory 1

番外 1
認愛

「各位媒體朋友們，遠道而來辛苦了，今天請各位記者朋友們來此，不為別的，是為了日前有媒體報導，我和女演員盧其恩疑似在交往的傳聞。

「傳聞捕風捉影，有許多不確實的地方，在我與盧其恩小姐詳盡溝通過後，決定給大眾一個說明，也讓支持我的觀眾朋友們能夠安心。

「我，演員艾佛夏，從約半年前開始，與盧其恩小姐以結婚為前題，開始認真交往。

「我們深愛著彼此，雖然雙方工作都忙，但仍在不影響工作的範圍內相互扶持，未來也有攜手共度人生的打算。

「也希望支持我的粉絲們，能夠祝福我們的愛情，我也會繼續在演藝事業上努力，呈現最好的作品給各位。

「也請各位不要再打擾其恩的私生活，給予她基本的尊重，謝謝大家。」

「所以，你是打算要公開認愛了嗎？Averson……？」

安古蘭的合伙老闆，兼知名演藝男神艾佛夏的貼身經紀人，韓茂山坐在公司的會議桌前，用力抓了日益稀疏的額髮。

而坐在他對面的國民男神卻仰靠著躺椅、蹺著腿，一臉雲淡風輕的樣子。

兩人中間的桌上橫擺著各種照片，有在家附近慢跑散步、去巷口吃乾麵、到女裝店挑選衣服，還有出席頒獎典禮、慶功宴、製作人飯局、公關晚宴時，在角落說悄悄話甚至擁吻的照片。

而照片的主角不用說，除了眼前這個讓韓茂山頭痛了二十一年的男人外，就是男人最近熱戀

這麼可愛一定是男孩子

交往的對象，那個女裝癖男孩。

「我說了，你好歹也給我低調一點，你談戀愛我從來不反對，但現在是怎樣，在戲劇院門口舌吻，你是怕狗仔工作不夠輕鬆嗎？」

「我也不想，但那些記者成天守在那，我們根本沒辦法出門。小圓現在連慢跑都堅持要化全妝，說不想被狗仔拍到醜照。」艾佛夏嘆氣。

公關主任坐在一旁，這時插口了。

「其實與其這樣，不如像之前一樣，公開向媒體承認吧？」他說：「現在不同於Ruka那時，艾佛夏形象不錯，又接演了不少LGBT戲劇。如果有個男性交往對象，口碑也能有所提昇。」

一旁的公關助理笑著插口：「不過《這麼可愛》的劇迷會很失望吧！那些粉絲都把安東尼和艾佛夏送作堆了，還傳他們偷偷登記結婚呢！」

《這麼可愛》播出後，先前寫艾盧戀的那個記者，又聲稱接到業內人士爆料，說安東尼和艾佛夏從拍攝期間就做了伴侶註記，現在一起住在艾佛夏的愛寓裡，正計畫要領養一個女兒。

加上安東尼又忽然公開出櫃，更坐實了兩人的交往關係。推特上到處都是安東愛夏的同人文圖，到了能出同人誌販售only場的程度。

韓茂山望向會議桌末端，「Averson，你自己怎麼想？」

艾佛夏沉吟良久，才開口。

「……小圓他，不喜歡被太多人看著。」

韓茂山沒開口，倒是公關主任說話了。

「方先生不是藝人，一般人的話，媒體不會曝光他的身分，通常也不會過分打擾他，就算有不識相的，安古蘭也有辦法讓他們閉嘴，倒不必太擔心。」

艾佛夏還是沒說話，韓茂山不愧是資深保父，深知他心意。

「如果公開之後，中途不歡而散，甚至鬧出醜聞，那非但沒有加分，反而又會落得跟當年一樣下場。」他說。

「啊，這倒是。而且LGBT族群對這方面比較敏感，男女分分合合也就罷了，若是同性伴侶，許多女性粉絲都會覺得是認真要走一輩子的。」助理說道：「但艾佛夏先生應該沒問題吧？我上回在春酒看到那個女……啊，失禮了，是那個男孩子，感覺挺乖的，是會討女粉絲喜歡的類型。」

公關主任笑著說：「如果要公開的話，也不必太正式的場合，啊，艾佛夏的生日不是快到了嗎？不如就趁下個月生日直播的時候如何？」

安古蘭為了讓男神增加親民度，搭上網路世代的潮流，為艾佛夏開了直播頻道，一個月一次，讓國民男神直接面對粉絲。

前個月初次直播，艾佛夏從頭到尾也只念了安古蘭給的公關稿，還有插播了幾個代言廣告，前後不到十五分鐘，流量就突破了百萬，同時在線人數高達十萬，高踞時段榜首，瞬間輾壓了包括安東尼在內的一千直播主。

安古蘭沒敢開斗內，怕惹爭議。但這已讓某位小VTuber羨慕不已，直呼「夏門酒肉臭，路有凍死圓」。

「那麼今天的直播就告一段落了，呀，沒想到能有這麼多人，嚇了我一大跳。」

「很高興能以這種方式和大家見面，現在我還不熟悉直播，會好好向前輩們請教的，希望

這麼可愛一定是男孩子

之後能為各位呈現更完整的表演，說不定還能夠唱首歌呢！

「謝謝今晚每個參與的人，我是你們的艾佛夏，我們下次再會。」

方逢源停掉螢幕上艾佛夏的重播畫面，嘆了口氣。

他看著螢幕上那個從容微笑的完美男神，又把視線投向身後那個剛洗完澡，癱軟在地毯上抓屁股滑手機的屁孩。即使交往已滿半年，方逢源還是有點難把兩者連結在一塊。

沒錯，他，方逢源，平凡的男大學生、母胎單身女裝癖，在今年冬季，和被譽為國民男神的大明星艾佛夏，交往了。

兩人正式交往不到三個月，方逢源就受到各種震撼教育。

艾佛夏帶著他出席各類私人聚會，包括安古蘭娛樂經紀公司今年的春酒。

安古蘭打著大導演艾嘉的招牌，坐穩國內演員經紀公司第一把交椅，旗下眾星雲集，上至金獎老牌女演員，下至炙手可熱藝壇新星，都是安古蘭家族的一員。

艾佛夏身為安古蘭的看板郎，自是萬眾矚目的焦點。

方逢源穿著晚宴盛裝，和艾佛夏相偕出現不到五分鐘，就已被一打俊男美女輪番搭訕，其中不乏和艾佛夏過去合作過的製作人、編劇、導演、工作人員和媒體，說被埋在人堆中也不為過。

這些人都用好奇的目光打量方逢源，礙於艾佛夏是大前輩，不敢當面衝撞，只在一旁竊竊私語。

艾佛夏初始還能為他介紹一下，但最後也分身乏數，被簇擁著在宴會廳裡兜轉，留方逢源一個人在角落發呆，不得不在韓茂山的陪伴下先行返家。

上個月久違的拍攝空檔，艾佛夏說要載方逢源去北海岸看海。

但車子剛從艾佛夏家出發，後面就跟著一堆虎視眈眈的車輛。

兩人試著無視，但抵達目的地後，早有不知道從哪得到消息的女粉絲成群等在那裡，央求著讓艾佛夏簽名。

儘管男演員委婉地說這是私人行程，不願被打擾，但那些粉絲仍舊在不遠處的沙灘聚集，還不時拿相機出來拍照，弄得方逢源根本不敢下水，龜縮在五百公尺遠的賣店裡。

不單如此，方逢源發現自己也成為跟拍對象。

有天他去艾佛夏家附近的全聯買盒蛋，隔天網路新聞便出現他彎身選蛋的背影，眼睛處用細黑帶遮住，再加上「不再迷戀嬌嬌女！好好先生改吃平民小鮮肉」、「男神新歡，超市買蛋手作家常料理」之類腦補兩萬字的標題。

方逢源刪了所有SNS帳號，新搬的工作室兼居所地址除了家人外，沒讓任何人知道，還嚴令艾佛夏不得踏進他香閨一步，以免引狼入室。

而就在明日，也就是七月五日，是艾大明星二十七歲壽辰。

方逢源後來才發現，原來當年艾佛夏第一次約他伴遊，便是他二十六歲生日的前夕，只是當時他醜聞正熾，完全沒心情慶祝。

方逢源滑過各個小太陽粉專，到處都有慶祝活動，有影集播映會，還有粉絲舉辦的各類本人不在慶祝茶會，說舉國歡騰都不為過。

「真人就在這裡，看螢幕裡的那個做什麼？」

方逢源還在發怔，一雙厚實的臂膀便自後摟住了他，整個人掛到他肩頭。

「……我只是很納悶，這種直播水準，怎麼會有超過一百萬觀看人次？」小VTuber心裡十分不平衡。

「不就看熱鬧嗎？像去動物園看熊貓一樣，我就是那隻熊貓，就算在鏡頭前睡半小時覺，照樣會有流量。」艾佛夏箍住他的纖腰，又吻了方逢源的耳殼，「別糾結這個了，你明天有什麼計畫嗎？你應該沒忘了明天是什麼日子吧？」

「能有什麼計畫？難不成你還想去外頭，被拍得還不夠嗎？」方逢源沒好氣地說：「而且明天小時有事，我得去醫院照顧我媽。」

方媽魏承安的預產期本在七月底，但上週忽然胎動不穩，半夜送了急診，嚇壞張琅久等一干人。

魏承安四十一歲生產，算是超高齡產婦，醫生說最好住院待產比較保險，初為人父的張琅久當晚就緊急捆了包袱入院。

「總不會顧一整天吧？不是還有你繼父嗎？」艾佛夏無奈地說：「不出去也行，只要跟你在一起，做什麼都開心。」

「你也沒那個空吧？韓先生跟我說了，工作人員幫你準備了生日會，你整天都要待在公司。」

「那你來安古蘭陪我？」艾佛夏不放棄。

方逢源想起上回的春酒，「我不擅長跟人聊天。」

氣氛一時安靜，艾佛夏沉忖片刻。

「Mountain說讓我考慮，公開我們兩個人的關係。」他說。

方逢源睜大眼睛，「開記者會嗎……？」

「這倒不必，我不是當了新科直播主嗎？公關部的意思是，讓我在下月直播時公開，公司也會配合發聲明稿。」

他有些擔憂地看著方逢源，果然他的小圓臉色白了白。

「……非得公開不可嗎？」他小聲地問。

「就算不公開，記者也會追，我們不可能永遠都躲在陰暗處。與其讓那些人亂寫，不如我們自己認愛，也好過那些流言蜚語。」

艾佛夏的話讓方逢源一怔。

以往跟著方逢時看那些演藝八卦新聞，總是會看到誰跟誰在曖昧、誰又破局了，而誰終於跟誰修成正果了。

認愛，是藝人向公眾承認自己墜入愛河的行為。

方逢源看過當年艾佛夏對盧其恩的記者會，不愧是資深演員，講得文情並茂、款款動人。若不是知道內情，方逢源會以為男友真的愛慘了對方。

但以方逢源的認知，談戀愛是兩個人的事，演員不過是個工作，即使做了藝人，也不代表這種關起門來的事有公諸於世的必要。

且方逢源無法想像，這人像上次開記者會一樣，對著一堆鏡頭、一堆跟自己無關的人，表露對他的心意。

光想著在螢幕前的那些陌生人會用什麼眼光看待自己，那種反胃的感覺便又湧上喉口，無法抑止。

「但Mountain也說了，這事讓我們自己決定，若你不願，我也不會強迫你，我知道你的難處。」艾佛夏凝視著方逢源，眼神認真起來，「但過生日是另一回事，我很久沒跟人一塊過生日了，自從路蘭……從我母親過世後。」

艾佛夏的父親艾嘉導演，是個堅持節慶儀式感的人。在路蘭過世前，感恩節、耶誕節和家人生日，不論艾大導演再忙，都會飛到巴黎和他們母子倆共度。

但路蘭自盡後，巴黎寓所變賣，艾家父子倆也失了見面的契機，艾佛夏說他與艾嘉已然三年

這麼可愛
一定是男孩子

沒實體碰過面。

方逢源看著嘟著嘴，像抱大型玩偶一般摟著他不放的巨嬰男神，淺淺嘆了口氣。

「我有……禮物要送給你。」他說。

「禮物……？」

他在艾佛夏驚訝的目光下走到他面前，從身後拿了個小盒子出來，白皙的臉蛋微微泛紅。

艾佛夏接過盒子，眨了眨眼，「裡面是什麼？」

方逢源別過頭，「是方糖骰。」

艾佛夏一怔，方逢源又解釋：「我翻了……『諾亞方糖』六六六六訂閱時的抽獎記錄，你似乎沒抽中方糖骰，雖然對其他粉絲有點不公平，但我……瞞著你方糖的事這麼久，不賠點禮說不過去。」

艾佛夏固然覺得高興，但同時也覺得奇怪，因為說是方糖骰，方逢源的臉竟紅得像蒸氣熨斗一樣。

他打開盒子一瞧，裡頭竟果真躺著兩顆方糖骰。

但方糖骰經過加工，栓了金工夾鎖，卻不是耳環的那種。艾佛夏看那夾子幅度甚寬，他在巴黎過荒唐日子時，依稀看過幾次這種樣式。

那是乳夾，還是男性尺寸的。

艾佛夏一時說不出話來，方逢源依然別著頭，他穿著深色削肩小可愛，下身則是白色百折學生裙，足趾赤裸著，剛洗過澡，渾身透著熱水和沐浴乳的氣味。

他只卸了眼妝，睫毛還沾著水氣，抹了淡色護唇膏的唇瓣，襯上只打底的透亮肌膚，背著手站在他面前，如同初生小鹿一般。

艾佛夏胸口一陣麻癢騷動，表面卻不動聲色。

「喔～」艾佛夏刻意闔上了盒子，彎下身來，「你送我這樣的東西，是想讓我夾在哪裡？」

方逢源呼吸緊縮起來，他憋著沒吭聲，艾佛夏便把盒子擱到一旁流理臺上。

「那是你送的禮物，你不告訴我，我是不會知道的。看來這生日禮物，就只能這樣擱到明年了？」

方逢源只好答：「乳、乳頭。」

他像是從喉底擠出聲音，艾佛夏猶不滿意，「你說得太小聲了，我聽不見。」

方逢源清嗓，「乳頭，那東西，是要夾在、乳頭上的。」

「誰的乳頭？」

「我的乳頭，方逢源……小圓的、乳頭。」方逢源羞恥到連眼角都暈紅了。

艾佛夏把盒子重新打開來，拿出那兩顆方糖骰，在掌間把玩。

骰子做得相當精緻，艾佛夏發現在原本應當刻流水號的地方，還細心地以金字鐫刻了「For BonBonFocaccia」，內心的迷弟佛卡夏早已尖叫亂竄。

但床上人設還是要顧的，艾佛夏輕咳一聲，拿了其中一顆方糖骰，湊近站得畏縮的方逢源。

「然後呢？要怎麼夾？」艾佛夏用骰子的稜角，觸碰到方逢源的胸，在上頭游移片刻，觸碰到最敏感的部位。

方逢源呼吸越發急促，忍不住夾緊大腿。

「後面，有螺絲栓子，先把它扭開……」方逢源啞著嗓音，艾佛夏依言旋開了金色的螺絲扣，又把骰子按到方逢源胸口。

「然後？」

「然後、然後……夾到我的，乳、乳頭上，再旋緊螺絲，啊……」

方逢源腿一顫，原因是艾佛夏忽然用單手掐了他的乳頭，隔著衣物，愛撫裡頭的蓓蕾。

電流往腦門直竄，刺激得他站不穩腳步，但艾佛夏的手臂很快橫過來，扶住他的腰肢，讓他貼近自己。

「你乳頭這麼軟，可夾不住啊，得弄硬點才行。」艾佛夏湊在他耳邊說：「我一個人弄太慢了，另外一邊，你自己來？」

方逢源喘著息，「我、我不會……」

「不會？不會的話，就把你丟在這，據說冷也會讓乳頭變硬，你想試試？」

艾佛夏嘴上殘酷，手上卻呈反比的輕柔，乳尖在男人極富技巧的挑逗下，已然硬了兩倍大，高高挺立著，幾乎要透出布料來，另一端卻還瑟縮著。

方逢源眼角沁淚，他不得不遵照情人的指示，生澀地掐住另一邊乳頭。

艾佛夏說：「這麼輕怎麼成，來，看我，學著點。」

艾佛夏跪直在他身後，長臂環抱住他，持續搓揉著他的右乳。

他力道甚大，從乳暈的位置，一路繞進方逢源的乳心，又掐又按的，半晌指尖竟鑽進方逢源的背心裡，以指腹直接刺激著乳暈上的皺摺。

「啊……啊嗯！嗚……」

方逢源從沒想過，光是乳頭便能有這麼多玩法，他右乳脹得發疼，被艾佛夏拉到極限、再放鬆，有被掐出乳汁的錯覺。

他學著艾佛夏的樣子，把手伸進背心內，拉扯著自己的左乳頭。

這樣雙管齊下，方逢源只覺快感像洪水一般襲來，幾乎淹沒了他所有理智，最終雙膝一軟，在艾佛夏懷抱間跪倒下來。

「上衣自己撩起來，否則不幫你戴。」

艾佛夏故意厲聲命令著，方逢源顫了下，認命地用顫抖的手撩起上衣。

經過這番挑逗，方逢源的兩顆乳珠都硬得驚人，黑沉沉點在白淨的胸口上。

方逢源見男人黑中帶金的眸直視著它，眼中滿是欲望的熱浪，不禁別過頭。但冰涼的金屬金工碰觸到乳頭的剎那，方逢源還是渾身激靈了下。

艾佛夏栓得相當緊，直到方逢源乳尖都泛紅了，仍舊沒有停下。

「啊……哈啊……不要、這麼緊……」方逢源開始求饒。

「不行，不夾得緊一些，待會動一下恐怕就掉了。」

艾佛夏命令他用嘴銜著上衣邊緣，雙手交握在身後，方便作業，期間還抽空舔了方逢源紅腫的乳珠，弄得方逢源喘息連連。

等兩邊乳頭都夾好，方逢源已經連跪都要跪不穩了，「嗚……夏哥……」

艾佛夏低首看著眼前的美景。妝容半卸的少年，跪倒在自己面前，眼角泛淚、雙頰緋紅，用淡粉的唇瓣銜著上衣衣襬。

胸前兩顆粉黑的乳尖，夾著沉重的白骰子，隨少年的顫抖左右晃動。

少年身下還穿著短裙，剛才那一番動作，少年短裙裡的物事已然起了反應，高高地探出頭來，濡溼了裙裝的鬆緊帶。

艾佛夏只覺下腹一陣緊縮，恨不得把人丟沙發上就先飽餐一頓。

「你看看你，不就是個方糖骰而已嗎？怎麼能興奮成這樣，小騷貨？」

艾佛夏伸出赤裸的腳掌，隔著裙布，輕踩在方逢源顫動的冠頂上。

方逢源立即呻吟出聲：「啊……」

他禁不住扭動著腰身，裙襬上溼痕更甚，乳尖上的方糖骰隨之晃蕩，扯得方逢源兩只乳頭發疼。

方逢源覺得自己就快瘋了，他再顧不得羞恥心，渴望地仰視著眼前的男人。

「是、都是……我不好。明明是、方糖，卻被方糖、弄到勃起了，嗚……」

他說著生澀的自貶詞，艾佛夏心裡只覺他一百萬個可愛，表面卻仍不假辭色。

他持續加壓著腳掌，蹂躪著方逢源脹得發痛的男性性徵。

方逢源實在抵受不住，試著把手伸進裙縫裡。

但艾佛夏很快便察覺到了，一把抽出他不安分的手，「想幹什麼壞事？我有說你可以碰自己嗎？這麼不乖，是不是該好好懲罰一下？」

他輕扭住方逢源的手腕，挨近他耳邊柔聲說：「我把你銬起來，你會介意嗎？」

方逢源用僅存的一絲絲理智問道：「你哪來的手銬……？」

「之前拍《惡警》宣傳照留下的。他們臨時換我角，也不好意思討回這些東西，就連警察制服和手銬一起送給了我。」

他距離方逢源極近，方逢源清楚感覺那與自己同樣硬邦邦的物事，就抵在自己短裙之後，內心也難掩渴望。

「安全嗎……？」

「不過是拍攝道具，我拉一下就開了，不會弄傷你。」艾佛夏啄吻了他一下。

方逢源若有似無地點了頭，艾佛夏還當真從壁櫃裡翻出一套警察制服來，金屬手銬就掛在制服的腰帶上，做得相當擬真。

惑人的金屬色澤讓方逢源口乾舌燥起來，不由自主併攏雙手，往情人伸去。只聽「鏗鏘」一聲，美人上銬的畫面讓兩個年輕人都血脈賁張起來。

艾佛夏正打算繼續欺負小情人，方逢源卻望著一旁的警服。

「……穿上嗎？」他問。

他嗓音細如蚊蚋，艾佛夏靠近才聽清，「穿上……？」

「嗯，就是、那件警察制服……」

方逢源說到一半便羞憤欲死，但艾佛夏這回聽得分明，用夾雜著訝異和玩味的目光看著自家小情人。

「看不出來，你這麼喜歡這調調。」艾佛夏伸手進他的裙底，教訓似地彈了半勃的小小圓，換來情人的抽氣聲，「讓國民男演員陪你cosplay，代價可是很大的，你準備好要跟我對戲到底了嗎，小圓？」

他嘴上不饒人，滿足情人願望倒是不遺餘力。

他甩頭脫去針織衫，露出拍戲之後又壯回來的胸肌和腹肌，俐落地套上警察制服襯衫。

他又換了長褲，繫上皮帶。那制服是為艾佛夏量身訂做的，合身挺拔，看上去像是宣傳劇照裡走出來的一般。

方逢源怔怔盯著帥到出水的情人，艾佛夏戴上警帽、拉低帽沿，他腳上沒穿襪，和方逢源一樣赤著腳，踩在地毯上。

如此反而引人遐思，方逢源呼吸頓時變得急促。

艾佛夏在他身前蹲踞下來，食指挑起方逢源毫無反抗能力的下顎。

「淫亂的小鬼，你說，警官哥哥要怎麼懲罰你才好？」

方逢源試著平復呼吸，但成效有限，「請……請幹我。」

儘管做足了心理準備，實際在這制服筆挺的男人身下說出這種羞恥的話，還是讓方逢源羞恥值衝破了雲端。

「你要誰幹你？」艾佛夏還不放過他。

「夏……哥，不，艾、佛夏……警官。」

方逢源實在忍耐不住了，他扭著腰肢，眼神變得迷濛。

「請艾警官、幹我，我想、被警官哥哥的肉棒插進去，插到最裡面，狠狠地……」

艾佛夏似也到了臨界點，低沉呢喃了聲「如你所願」，便一把拉起地上的方逢源。方逢源發出一聲低呼，艾佛夏抓著他被銬的細腕，返身將他壓在白牆上，用掌底壓著方逢源塗著淺藍色指甲油的手。

手銬撞擊著方逢源的細腕，讓他吃痛地咬了下唇。艾佛夏卻不再憐香惜玉，他一把扯下方逢源的裙襬，露出裡頭繃緊的蕾絲內褲。

方逢源聽見背後傳來皮帶解釦撞擊聲，有個硬挺熱燙的物事抵到他身後。

方逢源呼吸停滯，被銬住的五指一抓一放，難掩期待地顫抖著。

但那物事卻只在他內褲外磨蹭，蹭得他布料都溼了，卻遲遲沒再進一步。

方逢源忍不住啞聲，「夏哥……」

艾佛夏卻朝他俯下身，「你叫我什麼？」

方逢源會意，臉漲得通紅，「嗚，警、警官哥哥，拜、拜託……」

「想要警官哥哥給你，就得老實交代才行。」艾佛夏的唇觸在他後頸上，一路滑近他的耳殼，

「來，跟哥哥說，喜歡哥哥哪些地方？想要哥哥碰你哪裡？不好好供出來的話，警官哥哥是不會放過你的。」

方逢源覺得後頸都快著火了，臉也是，身後那物事越脹越大，他心中的渴望也水漲船高。他於是心一橫，把臉埋在被銬得痠疼的手臂間。

「我、我才不會……任你擺布。」方逢源嗓音沙啞，「你有本事、就儘管折磨我，就算你……肏死我，我也絕不會屈服於你，警……啊！」

方逢源一句話沒嗆完，被挑釁的警官大人便驀地扯下他內褲褲頭，連著裙子褪到大腿上，緊閉的穴口被粗暴地插進二指，直沒至底。

方才在浴室裡時，方逢源早自行擴張清洗過了，但艾佛夏的動作比往常勢頭還猛，還是讓方逢源吃了點苦頭。

「嗚嗯！嗯……啊、哈啊、哈啊……」

方逢源放聲浪吟，感受情人在體內肆虐的指尖，眼角變得潮紅。

艾佛夏似乎當真是色急了，角色扮演讓兩個人都興奮異常，也不像以往那樣挖挖摳摳個半天，弄到方逢源瀕臨崩潰邊緣才大發慈悲。

確認方逢源已適應，艾佛夏很快抽出手指，已然脹大到極限的器官取而代之，擠入方逢源狹小的通道口。

「唔！不……」

方逢源仰頭抽氣，艾佛夏將他壓趴在牆上，壯碩的身軀壓制著他，藉著牆壁使力，在生嫩的通道內開疆拓土。

方逢源縮著腰、撅著屁股，道具警服粗糙的布料摩擦著方逢源稚嫩的臀肉，讓方逢源有種渾身著火的錯覺。
艾佛夏似也注意到這點，在方逢源哀叫聲中，使勁拍了他的俏臀一下。
「啊……！」方逢源乍然受疼，禁不住尖叫一聲，眼眶泛起溼氣，穴口跟著緊縮，夾得艾佛夏也悶吟了一聲。
「不老實的話，就是這種下場。」艾佛夏咬著牙，喘著粗息，「還是你喜歡被打？打了更興奮嗎？還想不想警察哥哥再多打一點？」
「沒、沒有……」方逢源狂亂地搖著頭，但眼角的魅態洩露了心思。
艾佛夏手起掌落，輪流拍擊他兩瓣臀肉，白嫩臀面迅速泛起紅痕，先是粉的，而後紅得透出了血。
疼痛和快感逼得方逢源幾近發瘋，他搖著屁股，終於忍不住哭著討饒起來。
「啊……啊！警官哥、夏哥……不要、別打了，我不敢了，我會乖乖聽話、什麼都會說了，求你、快點……」
他嘴上求饒，穴口卻夾得更緊。艾佛夏一手壓著他被銬住的手腕，一手抵在牆上，壓著他奮力動腰，又狂抽猛幹了數十下。
「那就快說，我幹得你爽不爽？」他咬牙發狠著問。
「爽、舒服、好棒，警官哥哥，快點肏死我吧……」
方逢源被頂得站都站不穩，裙子早落到了地上，被兩人體液弄得糊髒。兩顆乳珠被方糖殼夾得殷紅，幾乎要淌出血來，性徵高挺著，磨蹭著身前的牆面。
這讓方逢源再也抵受不住，只覺從下身到腦門一陣電流竄過，尖叫著弄髒了眼前的白牆。
他整個人七葷八素，連站直的氣力也沒了。

艾佛夏更不打話，索性將人攔腰撈起來，銬著的手繞過他脖頸，讓方逢源背抵牆面，就著火車便當姿勢，又猛挺了幾十下，終於一聲悶哼，在情人體內發洩了蓄積多時的欲望。

這番激戰下來，方逢源固然是手腳痠軟，被艾佛夏放回地毯上躺平，艾佛夏躺在他身側，也一臉酣暢淋漓。

兩個人都氣喘吁吁，艾佛夏翻過身來，一手按住地板，低首又和他熱吻了一陣。

方逢源恍恍惚惚地回應著，艾佛夏的舌與他交纏、互換著津液，一時濃情蜜意，彷彿這世間一切的七苦八苦，在這片刻，都變得不重要了。

「那個……手銬。」

然而欲望褪去，方逢源的理智也逐漸回籠。

方才媲美三級片的畫面從腦中奔流而過，讓方逢源羞憤欲死，恨不得找個沒有艾佛夏的平行世界躲起來。

艾佛夏也知道他脾性，不敢再調侃一下床臉皮就薄得像紙的情人。

「抱歉，我馬上解開。」

他在警服口袋裡摸索片刻，臉色忽然一僵。

「怎麼了……？」方逢源問。

「不見了。」艾佛夏額角淌汗，「我記得當初拍攝時，導演說這副手銬鑰匙放在制服口袋裡。」

他拉出了口袋，裡頭空無一物。

方逢源這下也垂死病中驚坐起。

「這不是道具嗎？你剛說用手扯就扯得開的。」他抱著一絲希望。

艾佛夏握住方逢源兩隻細腕，試著左右使勁，但手銬依然紋絲不動。

方逢源翻到手銬上的刻紋，只見後方以小字鐫刻著，「專利技術、精鋼鑄造，絕對帶給你最盡興的夜晚」，臉色頓時變得鐵青。

「艾——莫——！」

「……也就是說，你們兩個玩警察小偷的情趣play，玩到手銬打不開，但因為沒有連絡道具廠商的管道，又不便告訴你家經紀人怕被罵，只好找我這個損友問問看有沒機會解決嗎？」

徐亞莉在視訊那端交抱著雙手，很快整理出事情梗概。

方逢源垂著兩手，沉默地窩在沙發一角前，艾佛夏則局促地站在他身後，兩人都因為羞恥低下了頭。

這一整個下午，艾佛夏各種嘗試解鎖，敲擊、硬掰、泡熱水、用鉗子剪，還上網找了教學影片試著用鐵絲開鎖，但都徒勞無功。

他想過連絡專業開鎖，但現在他寓所外頭一堆狗仔，找鎖匠來不知道又要傳什麼風波，他不想讓韓茂山看到新聞又火山爆發。

艾佛夏透過各種管道想找到道具商，但這手銬似乎是當初製片直接向廠商訂做的，市面上沒有販售。但艾佛夏被《惡警》的製片換角，主動連絡對方這種事實在太尷尬，艾佛夏臉皮再厚也辦不到。

最後艾佛夏只得求助於老友，也是《惡警》一劇的女主角徐亞莉。

「我知道了，我記得道具手銬的型號都是一樣的，倉庫裡應該還存著一副，我會幫你連絡製片，快的話說不定明天早上就能拿到鑰匙了。」

徐亞莉爽快地說，但艾佛夏顯然不滿意。

「不能再快一點嗎？明天是我生日啊，有一大堆活動等著我，小圓這個樣子，我沒辦法安心離開家。」

「我盡量啦，有消息馬上跟你說。你也真是的，之前不是才發生過斷在裡面事件，現在又出這種事，在床上就不能用點腦嗎，小莫？」

「斷在裡面事件……？」方逢源挑了下眉毛。

艾佛夏一臉孟克，正想出言阻止，但徐亞莉的嘴比他更快。

「之前不是有人爆料嗎？說這小子把不求人放進女生那裡，這件事是真的喔！」

「不，我是經過她同意的好嗎？別講得好像我是變態一樣……」

見方逢源面無表情，艾佛夏頭皮發麻，只得尷尬地解釋。

「我不是說我對女人起不來嗎？所以從前跟女生交往時，大多數時候都用道具，那天我們約砲，我家剛好有根路蘭女士的爸爸……就是我外公留下的，華人抓癢用的那種不求人，那女生就提議用那東西試試看。」

方逢源的臉色越來越微妙，艾佛夏嘆口氣。

「但就是……可能我們玩得太嗨了，也有可能我外公那根本來就老舊，結果玩一玩那個抓癢的爪子頭就斷在裡面，還插得很深……」

徐亞莉在視訊那端發出不符女演員氣質的爆笑聲，艾佛夏瞪了她一眼，她才拭著眼淚繼續說。

「小莫試了各種方法，都沒辦法把那部分從女生裡面拿出來，只好急叩我求救，我介紹了一間常去的女性私密診所，才好不容易取出來。但那女的從此恨死艾莫了，上次其恩姊那事也才會順道出來踩小莫一腳。」

徐亞莉閒適地往身後躺椅一靠。

「你現在知道了吧？為什麼我跟這號稱國民男神的人共演二十年感情戲，但永遠不會假戲真做的原因，哈哈哈哈……」

徐亞莉的視訊切斷後，空氣有好一陣子的靜默。

方逢源從椅子上站起，「……我要回去了。」

艾佛夏吃了一驚，見方逢源起身到玄關穿鞋，忙追向他。

「回去？回去哪裡？」艾佛夏略顯驚慌，「但你這樣子……」

「我請琅久叔開大貨車來接我，坐在車廂裡的話，就不必擔心被媒體拍到。」方逢源面色冰冷，「我今晚會待在小時那，我媽胎象不穩，我最近可能都會跟她一起住，順便幫忙琅久叔。你如果拿到鑰匙，再請韓先生送來給我就行。」

不待艾佛夏還說些什麼，方逢源已穿上鞋子，背對著他。

「……我們這陣子，還是先不要見面了。」方逢源說。

艾佛夏吃了一驚，「什麼……？」

「韓先生有跟我說，你下個月就要去首爾拍戲，是你和盧小姐的事之後第一部接的男女愛情劇，在順利殺青之前，他不希望你鬧出太多新聞。剛好我最近也很忙，朱老師要我增加到一週去她工作室三次，學校又快期末考了。」他深吸口氣，「我……有點累，想休息一下，夏哥。」

他說完舉起被銬著的雙手，便想推開大門。

冷不防身後一陣大力壓來，又把那扇門「碰」地一聲闔上。

方逢源感到驚嚇，艾佛夏的掌心抵在厚重的門上，從後居高臨下凝視著他。

方逢源想起過往幾次被施暴的經歷，雖說艾佛夏最近已然全無那種跡象，但身體裡殘存的恐懼感還在，方逢源下意識地縮了身子。

艾佛夏似也察覺他的反應，他訥然收手，兩人間有片刻的安靜。

「……我真不是個好男友，是嗎？」他苦笑。

方逢源沒吭聲，艾佛夏改而從背後摟住他，將他緊緊擁入懷裡。

「我失去過很多人。」艾佛夏嚥了口涎沫，嗓音仍舊乾澀，「徐亞莉說的沒錯，我是個浪子，對什麼都不認真，像我這樣的人，本也沒能期待旁人認真待我，活該讓人一直離我而去。」

艾佛夏的體溫甚高，透過胸腔的熱度，一股股透進他耳膜裡。方逢源竟有觸得到他心臟的錯覺。

「但就只有你，我想認真待你……我不想失去你，小圓。」

方逢源尚未回話，大衣口袋內便一陣震動，是方逢源的手機。

他雙手遭銬，沒法拿手機出來，艾佛夏便替他代勞。

顯示名稱是「左右逢時」，艾佛夏也沒等方逢源指示，逕自替情人按了接通鍵，幫著貼到方逢源耳邊。

「喂，哥，你快點過來A醫院一趟！」

方逢時焦急的嗓音傳出揚聲器，艾佛夏知道A醫院就是魏承安住院待產的那間。

「媽開始陣痛了……醫生說，她應該快要生了！」

這麼可愛一定是男孩子

艾佛夏跟著方逢源，奔進A醫院婦產科大門時，正好遇到出來外頭抽菸的張琅久。

「小源，你來了。」

繼父看了方逢源一眼。卻見他的繼子穿著簡單的運動款連身裙，臉上化著薄妝，頭髮是原裝短髮，顯然是來不及多戴假髮。上身卻披著不合時宜的大衣，且不知為何兩隻手都縮攏在大衣裡。

繼子的身後還跟著一個高大的男人，他戴著全黑墨鏡、韓式口罩，頭上戴著漁夫帽，遮得密密實實，但即使如此，張琅久的目光還是被男人的氣場吸走。

「這位是……？」

他問方逢源，方逢源神色有些尷尬。

「我男、朋友。」方逢源艱難地擠出名詞，「抱歉，我出了一點事，沒辦法自己搭車過來，就請他載我。」

他不等繼父再發問，連忙問：「媽呢？」

「還在陣痛，目前才開到三指，還有得等，小時在裡面陪著。」

方逢源跟在他身後，進產房探望了母親。卻見方媽剛打過無痛，此時剛好沉沉睡去，方逢時還比了個「噓」的手勢。

方逢源看著母親的臉容，魏承安一向顯年輕，雖然年過四十，為了在舞臺上好看，平常在保養下的功夫不比方逢源少。

但如今方逢源才發現，自家媽媽不知何時已生了白髮，即便染了頭髮，也還留著幾根銀絲在鬢邊，看起來格外滄桑。

「醫生說她上回生產傷到產道，這回再自然產會比較困難，建議我們剖腹。但你媽不願意，說肚子留下傷痕會影響到演出，她就是這個性子，你們也知道。」

張琅久帶著兩人進產房旁的休息間，說起方媽生方家兄妹時，才年方二十二，不過大學畢業的年紀。

據張琅久透露，那時兩人窮得一清二白，連醫院都沒錢去，據說是在後臺一間小倉庫，由劇場的老闆娘連同劇團成員，七手八腳替方媽接生的。

方媽也完全沒做產檢，生出來發現是雙胞胎時，所有人都嚇了一跳。

「那時候大家都緊張得要命，想著要怎麼把小時從承安肚子裡救出來。」張琅久笑著說：「結果你就這樣被扔在一邊，哭了好久都沒人理會。承安還常說，這會不會是你後來都不哭的原因，因為覺得哭了也沒用。」

方逢源感覺艾佛夏從後凝視著他。他本來讓艾佛夏去車上等，深夜的婦產科雖說人不多，但難保不會被人目擊。

且方逢源也還沒有心理準備，讓艾佛夏涉入他的家庭，踏入他的真實人生。

此時一陣風吹來，吹開了蓋在方逢源手腕上的大衣，那副精鋼手銬圖窮匕現。

張琅久瞪大眼睛，「這是……」

「沒、沒什麼，我和朋友玩了點遊戲，發現鑰匙掉了，找到一半就聽到媽的事，才……」

方逢源羞得滿臉通紅，繼父卻哈哈大笑起來。

「你們真不愧是父子，當年如冬兄和承安也玩得很開。承安有次把如冬兄手腳都銬在床柱上，結果鑰匙型號不合，還是我拿鋸子去把床柱鋸斷的，你爸整整在床上躺了一天半，躺到都快脫水了。」

方逢源瞪大了眼，繼父拍了拍方逢源的肩膀，「所以別太在意，年輕人玩瘋一點很正常，正常。」

他又打量著依然戴著墨鏡的艾佛夏。

「那個……如果我認錯的話那就抱歉了，你男朋友是不是很有名的人啊？就是那個賣汽水的，『金輪金輪～大家的金輪汽水～』」

他用女聲唱了一遍，方逢源和艾佛夏對看一眼，後者點了下頭。

「伯父您好，我叫艾莫，藝名艾佛夏，是個演員。」艾佛夏拿下帽子，伸手與張琅久交握了一下，「伯父真是厲害，居然能隨口就模仿出廣告歌來。」

「哪裡，我就靠這點小技倆吃飯，讓你這種專業的見笑了。」張琅久笑著說：「不過我們家小源還真厲害，居然能拐到現役演員。像你媽年輕的時候，還夢想過要嫁給劉德華，買了他的簽名照收在錢包裡呢！」

這時方逢時從待產房裡走出來，神情有些緊張。

「蛇蜇，你叫醫生過來一下好嗎？媽的羊水好像破了。」

這下休息室三個男人都站了起來，張琅久立即就去叫醫生，而方逢源也不等艾佛夏跟上，逕自衝進待產房。

「媽！」他呼喚著。

卻見魏承安滿身是汗，胸口劇烈起伏著，顯是在忍受痛苦。

但她意識還清醒，凝望著方逢源那張只上了薄妝的臉，竟問：「你今天……怎麼沒戴假髮過來？還穿得這麼隨便？」

方逢源有種想笑的感覺，卻又禁不住鼻酸，「發生了一點事，來不及好好打扮。」

魏承安伸出手，撫著兒子的臉頰，眼神有一時失焦。

「是嗎？你上回……新年穿過來那套，就很不錯。讓我想到你和小時小時候，一起去照相館、拍照的事。就是之前放在玄關那張……」

她似乎因為疼痛，表情又扭曲了下。

方逢源不自覺握住母親的手，他已不記得上回握住母親的手是什麼時候，只覺得比記憶中要小上許多，也脆弱不少。

「等……你弟弟長大了，再讓你教他怎麼打扮。如果他、能和你一樣，這麼可愛……那就太好了……」母親呢喃著。

接生的醫生進了待產房，初步看過之後，表示非剖腹不可，否則胎兒會有危險。魏承安也不再堅持，在連絡了執班醫師、簽了簡單文書後，母親被推進開刀房。醫生不讓人進開刀房，方逢源他們只能候在外頭。

這一番耗下來，竟已過了午夜。方逢源手還被銬著，不方便到處走，方逢時說要下樓去便利商店替大家買點食水，艾佛夏便自告奮勇陪著妹妹。

「……我好像很久沒這麼緊張了。」張琅久看著雙手被銬、垂首等待的方逢源，緩和氣氛似地開了口：「上回這麼緊張，大概是我和你爸初次登臺時候的事了，那時候我們演兩男搶一女的愛情劇，女主角就是你媽，我記得你爸緊張到聲音都發不出來。」

方逢源依然交握著手，好半晌才開口：「愛情……真是麻煩的東西，對嗎？」

張琅久一怔，方逢源咬住了唇。

「我沒和人談過感情，但以前跟著小時追劇，故事裡的愛情都很美好，雖然會遇到困難，最後主角都能在一起，故事也總是在一起後就結束了。」

他凝視著被手銬束縛的手腕，一時有些怔然。

「但實際上不是這樣，對嗎，琅久叔？就算在一起，也不會就此結束，後面還沒完沒了。怎麼相處、怎麼維持關係、要不要告訴旁人、交友圈能不能適應……好多好多麻煩，就好像手銬一樣，銬上了便拿不下來了。」

繼父笑了一聲，「你和如冬兄，真的很像。」

方逢源一愣，繼父便說：「你知道嗎？如冬兄當年，曾經跟我告白過。」

這下方逢源當真嚇得不輕，短髮下小臉霎白，張琅久那張鬍子臉卻笑得開懷。

「是真的，你爸很早就有喜歡同性的傾向，但當時他以為自己是gay。有一年春天，我們都還在念藝校時，他忽然跟我說他喜歡我，想跟我交往。」

「你有答應他嗎……？」

張琅久搖頭，「很遺憾，我雖然跟如冬兄很好，但我對男人實在硬不起來，所以很早便拒絕了他。」

他嘆口氣。

「我那時候便喜歡承安，她是校花，所有男生都喜歡她，但她偏偏就愛煞了你爸，很妙吧？而且是一見鐘情、非君不嫁的那種，她當時瘋狂地追求如冬兄，追到人盡皆知的程度。如冬兄則拚了命地躲她，他和承安坦白自己喜歡同性，還謊稱我是他男友，但都擋不住承安的熱情如火。」

「後來呢……？」方逢源忍不住問道。

「因為承安一直不放棄，如冬兄不是鐵石心腸，也被你媽感動了，開始沒那麼排拒跟你媽出去。後來兩個人畢業之後，加入了同個學長創辦的劇團，這部分我沒發漏到，但總之等我再有他們消息時，他們已經在一起了。」

張琅久吐了口長氣。

「你爸婚禮前夕，還來找我喝酒，他喝得爛醉，然後問我：『蛇蜇，為什麼兩個人相愛，會想要永遠在一起呢？』」

方逢源不解地瞇起眼，張琅久笑笑。

「他說，人和人兩情相悅的瞬間，是一段感情的最高峰。但在那之後，兩個人就得勉力維持關係，多數人做不到愛情恆久遠，只能眼睜睜看著它變質，最後兩敗俱傷。」

『既然如此，為什麼不停留在最美好的時刻就好了？

『為什麼要追求天長地久，蛇蜇？』

「很像是……我爸會講的話。」

方逢源喃喃說，凝視著開刀房上閃爍的紅芒。

「是吧？如冬兄總是這麼浪漫。」

張琅久搔著鬍子，又嘆口氣。

「但我那時候也沒多想，只覺得是婚前症候群，安慰他兩句就算了。但仔細想起來，或許如冬兄當時，就對自己的事隱約有感覺，認為就算結婚，也沒辦法讓承安一生幸福。」

「那琅久叔是怎麼想的呢……？」方逢源問：「琅久叔也覺得，既然不能天長地久，乾脆什麼都不要嗎？」

「我嗎？我不像你爹那麼哲學。」張琅久笑起來，「我只是單純地想，人和人在一起太不容易了。比如我喜歡你媽，你媽卻偏只愛你爸，你爸又執著於我，光我們三個人，就兩兩兜不在一起，更何況不相干的兩個人。」

他凝視著開刀房緊閉的門扉。

「兩情相悅，這太難得了，多數人一輩子遇不到那麼一個，總是會有些遺憾。就因為這樣，人才會追求儀式，像是交往、像是婚姻，或是其他承諾。」他笑著撥了下方逢源手上的銬鍊，「就算知道對方最愛的可能不是自己，或不可能永遠愛自己，還是想用什麼方法把人牢牢銬在身邊，這才是凡人的戀愛方式，不是嗎？」

長廊末端出現方逢時和艾佛夏相偕回來的身影，兩人似乎相談甚歡，一路聊到轉角，方逢源正要出聲招呼，開刀房裡卻忽然傳出異聲。

先是微弱的嗚咽，而後是驚天動地的崩潰哭聲。

張琅久從長椅上跳起來，一向波瀾不驚的臉上，也露出顫容。

而比他動作更快的是方逢時，她從長廊彼端衝過來，邊跑邊大叫。

「生了！寶寶出生了！」

哭聲持續了十幾二十分鐘，開刀房大門才終於打開，護理師抱著一個豆丁般的生物走了出來。

護理師先給親父張琅久抱了一下，張琅久向來穩重，但此刻卻見他紅了眼眶，拚了命地吸鼻子，阻止淚水流下。

方逢時不敢動手，怕自己手粗傷了嬰兒，方逢源便代她接過那個軟綿綿的孩子。

見新生兒五官緊皺著，五指縮成拳頭，間或打開一絲眼縫，卻無法辨別左右，只茫然凝視著天花板的方向，眼角淚痕未乾，嘴唇一開一闔。

這模樣與其說可愛，不如說彷徨，和方逢源以往認為的嬰兒頗有差異。

護理師接回新生兒，先抱進嬰兒室清理，方逢時和繼父都進去探望母親。

方逢源回頭一看，艾佛夏仍舊站著不動，目光追隨著護理師手裡的嬰兒，久久沒有動彈。

他吃了一驚，擔心艾佛夏精神上又有什麼閃失，也忘記兩人間的矛盾，靠過去問道：「怎麼了嗎，夏哥？」

艾佛夏搖了下頭，好半晌才開口。

「不……我只是、第一次看見生產這種事，有點震撼。」

魏承安恢復狀況良好，只是相當疲累，被推回房間沒多久便沉沉睡去，孩子檢查後各方面也健康，終歸是落得個母子平安。

方逢源和艾佛夏相偕到嬰兒室前，弟弟已經被清洗乾淨，裹在一團包巾裡，也不知是否感知到人蹤，手舞足蹈一陣子，竟對著玻璃這頭「咿咿呀呀」起來。

艾佛夏指尖點在玻璃上，目不轉睛地看著嬰兒床上的生物。

「……新生兒都這麼醜的嗎？」他忽問。

方逢源愣了下，隨即「噗哧」了聲。

艾佛夏也覺自己失言，略搔了下臉頰。

「Mountain常說，我剛生下來時像天使一樣，我小時候照片也確實很可愛，所以我還以為小孩一定都是討人喜歡的。」他笑說。

兩人在玻璃窗前相偕坐下，看著絡繹不絕、隔著玻璃私語的新科父母們，心中都有些感慨。

「……我常聽周圍人說，我媽當年、其實並不想生我。」

艾佛夏交握著雙手，方逢源注意到他近來，越來越少用「路蘭」稱呼母親了。

「她那時候事業正值高峰，一堆戲約等著她，生產害她放棄不少機會。我媽是自然產，據說我剛出生，她就拋下我去拍電影，連抱都沒有多抱我一下。」

這麼可愛一定是男孩子

他感嘆著，「所以我一度覺得，是我害了我媽，對她抱持著歉意。跟她同居那三年，我們就像師生一樣，我對她畢恭畢敬，法語都稱呼她『vous（您）』，連『媽』都沒叫過，很怕給她多添一點麻煩。」

方逢源在一旁聽著，此時插口：「每個母親好像都是這樣。我媽也是因為生了我和小時，放棄去東京歌唱專校深造的機會。」

艾佛夏溫柔地望了他一眼，又望向玻璃窗裡的嫩嬰。

「但今天這樣看著，我才發現懷孕也好，生產也罷，竟是這麼一件漫長又折磨人的事，而我媽這麼怕麻煩的人，竟能忍受我占據她人生這麼長時間，就忽然覺得……」艾佛夏抓握著五指，似找不到適當詞彙，「……覺得很感激她，怎麼說，有種『這樣就夠了，謝謝妳』的感覺。」

方逢源良久沒有回話，半晌才說：「你會……想要小孩嗎？」

艾佛夏脫口而出：「什麼？我可生不出來。」

方逢源一愣，艾佛夏似乎也驚覺自己說了些什麼

方逢源「噗哧」出聲，艾佛夏便也跟著笑起來，嬰兒室的護理師還往他們瞧了一眼。

「我只是想，你這麼在意身材的人，肯定不會想生，那就只剩我了。」艾佛夏笑畢，又苦笑起來，「哈哈，真糟，明明和你剛交往沒多久，結果我已經在妄想十年二十年後的事。我已經沒辦法想像未來沒你陪著的日子。」

方逢源怔怔望著他，他仰著臉，艾佛夏也默契地低下頭，吻在他唇上。

這吻很淺，卻很持久、很纏綿。

嬰兒室的玻璃投影上，映出兩人交疊的身影，和那些勾著手的新手父母們一樣。

艾佛夏一吻既畢，微抬起臉來，右手一翻，竟是把鑰匙。

「這是……？」方逢源露出訝色。

「剛才在醫院門口拿到的。徐亞莉連夜連絡了廠商，讓Umi跑腿送過來，說是怕影響到我的大日子。嘖，這下欠她人情欠大了。」艾佛夏嘆息，又說：「拜等這支鑰匙之賜，我剛跟你妹在樓下聊了很久，她問了我超多問題，差點招架不住。」

方逢源好奇地問：「什麼問題……？」

艾佛夏笑說：「這是祕密。」

他替方逢源開了鎖，但才只解了右手腕，方逢源卻驀地抓過他的手腕，把方才解開的手銬換銬在他手上。

艾佛夏不解地望著他，方逢源似乎猶豫許久，才抬起頭來。

「……就認了吧！」他舉高兩人相連的手腕，銬鍊發出清響，「跟你的粉絲說清楚，你被我銬住，而鑰匙再也找不到了，你這一輩子，怕是要跟我永遠綁在一塊了，艾佛夏警官。」

艾佛夏先是訝異，而後眼瞳微蕩。

他把鑰匙握回掌心底，兩人就這麼手銬著手並肩坐著，直到窗外曙光初露。

「這麼說來，已經過午夜了，那你弟的生日，不就跟我同一天了嗎？」艾佛夏忽然說道。

方逢源露出微笑，在壽星被銬著的手背上落了個吻。

「生日快樂，艾莫。」

「那麼，今天的直播也差不多到尾聲了，呀——今天真是太愉快了，沒想到有天能夠像這樣，跟各位粉絲們一起共度二十七歲生日。

「人數現在是多少？十二萬同時在線嗎？哇，真是太感謝各位了。

「難得大家都在，那麼在直播的最後，有件重要的事，想跟各位順道提一下……哈哈，不是要辦個人演唱會啦！最近真的沒有空。

「我，演員艾佛夏，在去年夏天，遇見了一位男性。

「嗯，不是女人，是真正的男性，從外觀到裡面都是。

「我愛上了這位男性，真心地、認真地、打從心底地，愛上了他。

「他是一般人，所以不便透露他的名字，但各位可能已經從我們辛勞的記者朋友那裡聽到風聲，或看見他在超市買蛋的背影之類的。

「他是個工作狂，我也託各位的福，還有許多戲能演，我們在不影響工作的範圍內相互扶持，未來也有攜手共度人生的打算。

「也希望支持我的粉絲們，能夠祝福我們的愛情，我也會繼續在演藝事業上努力，呈現最好的作品給各位。

「謝謝今晚每個參與的人，我是你們的艾佛夏，我們下次再會。」

——番外I〈認愛〉完

Sidestory 2

番外 2
一見鍾情

一見鍾情，這個詞對許多人而言，是指第一次見面，就愛上對方的意思。

但對徐安東而言，一見鍾情這個詞，是一個漫長、將近一生的過程。

他第一次見到一見鍾情的對象，是在試鏡的會場。

那是老牌導演的復出電影《天上的星星都到哪去了？》，描述的是兩個來自不同家庭的孩子，在戰火中各自失去至親，相遇最後逐漸培養出感情，在亂世中相互扶持的勵志故事。

角色徵選分成少年階段和孩童階段，少年階段的演員，已預定由當時知名偶像擔任，因此徐安東試鏡的是孩童階段的男性角色。

徐安東的母親，在生下徐亞莉時就和丈夫離異，一手將兄妹倆拉拔長大。

她畢生最大的夢想，就是讓孩子成為明星，好當星媽躺賺，也因此徐安東從懂事開始，就被母親拉著參加各種廣告試鏡，一歲半就曾出演過尿布廣告。

主角兩名孩童預定是一男一女，男角「藍波」七到九歲，女角「綠果」則要求六到八歲。

試鏡會場滿是被父母拎著的孩子，大多身著正裝，穿得像大人一樣利索，還有幾個在角落練習正音。

多數孩子相貌姣好、口條清晰。試鏡會場的工作人員替他們別上名牌，那些孩子也像與他們熟識一般，和大人寒暄著。

徐安東不由得緊張。他和母親說想上廁所，在離開會場途中，看見了那個人。

他不像那些等待試鏡的孩子，圍在工作人員身邊討好，一個人斜躺在會議桌旁的長椅上。好像已經在那待了許久，連鞋襪都除了下來。

徐安東從小被母親帶著出入各類片場，可愛的孩童自問也見了不少。

但眼前的男童生著希臘雕塑一般的臉，他皮膚姣白，髮絲烏黑中帶著紅褐的光澤，鼻梁高挺、

這麼可愛一定是男孩子

唇紅齒白。

而唯一有點亞洲人影子的是那雙瞳眸，黑得懾人，卻又不完全是墨色，內裡有什麼閃閃發光著。

徐安東那時覺得，他在男孩眼中看見了星晨。

「你也是來試鏡的嗎……？」徐安東不自覺脫口搭話。

男孩從假寐中抬起眼來，打了個呵欠，「你是誰？」

徐安東這才醒覺過來，男孩跳下躺椅，連身形也很完美，瘦而結實，目測跟他平高，歲數應當也跟他差不多。

「我叫徐安東，我跟我媽來這裡試鏡《天上的星星》的男角，你呢？」

男孩「喔」了聲，初次把視線投向徐安東。光只這麼一眼，徐安東便感到某種電流般的事物，透過那雙星星般的眸子，穿透進他的體內。

「你喜歡吃甜的嗎？」男孩問他。

徐安東一愣，「還好，沒有特別愛。」

徐安東看他手上拿了包五顏六色，像是軟糖一般的東西，連忙補充。

「呃……但也不討厭。」

男孩神色放鬆許多，他走向徐安東，遞給他一條軟糖。

「喏，這個給你，緊張的時候吃糖會放鬆很多，試鏡加油喔！」

徐安東怔怔地接過軟糖，正要回話，男孩背後便傳來低沉的喚聲。

「Averson！你又跑哪裡去？跟你說試鏡再五分鐘就要開始了。」

徐安東驚嚇似地往後一望，有個目測一百九十多公分高，宛如籃球明星一般的男人走到男孩身側。

他輪廓相當深邃，看上去只三十出頭，膚色黝黑、肌肉糾結，若是在海灘，應當有不少比基尼妹會來搭訕的類型。

「我累了啦，Mountain，一大早起來拍廣告，這裡又沒地方可以睡覺……」

「說過不准叫我『Mountain』，我有英文名字。」肌肉型男繃著臉，一把撈起還在抗議的男孩，「時間差不多了，吳導說想先跟你聊幾句，我先帶你去洗手間洗把臉、醒醒神，不准再給我亂跑。聽見沒有，Averson？」

徐安東走回試鏡的會議間，有個穿著童裝西裝，看起來比他年紀略長的男孩湊近他。

「你膽子好大，竟然敢跟那個人搭話。」

徐安東愣住，一會才反應過來他是指眼中有星星的男孩。

「那個人是誰？」他問。

西裝男孩睜大眼，「你不知道嗎？他叫艾莫，是那個超有名大導演艾嘉的兒子，你一定猜不到他媽媽是誰，就是路蘭。」

「路蘭？演《女警捉迷藏》的那個路蘭嗎？」

「對啊，嚇一跳吧！爸媽都是超級有名的人，他本人也是，才七歲就拍了一堆廣告。你有看過那個優酪乳的廣告嗎？跟狗一起在河岸跑步的那個。就是他，他在我們童星圈裡也是名人。」

徐安東說不出話來，西裝男孩又壓低聲音。

「我還聽我媽說，這齣戲的吳導和艾嘉導演是好朋友，藍波這角色早就內定給他了，試鏡只是做做樣子，所以你就別太認真，當見見世面吧！」

那之後的試鏡過程，徐安東都記憶薄弱，沉浸在和艾莫相遇的衝擊裡無法自拔，連助導讓他

這麼可愛一定是男孩子

念臺詞，徐安東都支支吾吾，結果自然不盡人意。

倒是徐母挫敗地想帶他離開會場時，一旁副導演模樣的人叫住了她。

「旁邊那位小女孩，是妳的女兒嗎？」他問徐母。

徐母忙回過頭來鞠躬，「啊，是，她叫亞莉，今年才五歲。我是單親，只能帶著她一塊來，抱歉。」

副導打量著一臉懵懂的徐亞莉，推了下眼鏡。

「待會有綠果這角色的試鏡，要讓她留下來試試看嗎？」

徐安東再見到艾莫時，就是在《天上的星星》片場。

妹妹徐亞莉雖然得導演青睞，破格拿到了「綠果」這個角色，但畢竟不滿六歲，又是頭一回演戲，十次拍攝有七次都在哭泣，剩下兩次沉默不語。逼得徐母每回都跟進片場，七歲的徐安東也只能一起。

同樣是七歲，徐安東見識了什麼叫做天生明星命。

艾莫雖然只長了徐亞莉兩歲，但舉手投足都是大人的風範，見徐亞莉擠不出臺詞，會拍她的背安慰她、唱歌逗她笑，一人分飾兩角演給妹妹看。

徐亞莉從懼怕，到後來對艾莫十分依賴，出入都黏著他，喚他「小莫葛格」。

艾莫演起戲來也相當穩健，助理會給童星寫有注音的大字報提詞，但艾莫從來看都不看，臺詞背得風生水起，彷彿打娘胎就開始演戲一般。

有場戲是綠果發現母親被炸死的屍體，藍波陪她去教堂認屍，年幼的綠果哭不出來，而藍波在一旁替她大哭的場景。

六臺攝影機對準男孩那張天使般的俊容，他卻不急不徐，跪倒在自家妹妹身側，從後擁住她嬌小的身軀，先是微微顫抖，而後抬起頭來，對著正前方的特寫攝影機，醞釀片刻，媲美珍珠的淚便滾了下來。

「為什麼、天上的星星、都看不見了，以前明明還很多的……那些漂亮的星星、都到哪裡去了？」

徐安東在拍戲空檔和艾莫搭話：「你還記得我嗎？」

艾莫正拿著一臺拍立得和徐亞莉玩，絲毫看不出剛才還大哭過一場的模樣。

「你是亞莉的哥哥不是嗎？有什麼事嗎？」

他的天使視線並沒遞向他，但徐安東已喜出望外。

「那個，你、你好厲害啊！好會演戲！試鏡的時候，我都哭不出來，但感覺你好輕鬆就哭出來了。」徐安東試著找話題。

艾莫卻只聳了下肩，「那沒什麼，我媽更厲害，她隨時隨地都能掉淚，而且哭得很美，我還差得遠了。」

他說著便牽著徐亞莉，到一旁參觀新進的布景道具。

徐安東怔然看著他的背影，半晌拿起桌上的拍立得，彷彿著魔一般，對準那人的側臉，按下了快門。

這麼可愛
一定是男孩子

徐安東有一本記事本，從小學用到成人，原本是拿來寫日記用的。

但從他貼了第一張艾莫的拍立得後，那記事本就成了相簿，專讓他收集某個人的照片。

《天上的星星》播出後，妹妹和艾莫一家也結了緣，那之後又共演了幾次。

徐安東打著童星親屬的名義，代替過於忙碌的母親，多數都能自由進出片場，記事本裡的艾莫照片也跟著數量益增。

為了把這人拍得好看，徐安東還央求母親，讓他去學了攝影。

數位儲存普及之後，徐安東的收藏除了照片，還多了錄影，手機裡滿滿都是這人二五六畫素影像。

向大人鞠躬致意的艾莫、在長椅上喝水的艾莫、為工作人員撿起掉落道具的艾莫、纏著攝影師要零食的艾莫……徐安東看著記事本裡一天比一天成長，那張生得越來越動人心魄的臉，有種和這人距離越來越遠的感覺。

這樣就好了，徐安東告訴自己。他是凡人，而這個人，還有妹妹，都是天上的星星。

天上的星星是摸不到的，只能看，只能拍，只能遠觀。

因此當他初次知道，星星也有下凡時，徐安東完全無法控制自己的思緒。

「好像是因為路蘭出了什麼事，所以小莫非得回去巴黎一趟。」

已經上了國中的妹妹剛從攝影棚下戲，穿著制服若無其事地說著。

「其實童星到了我們這年齡，通常都會息影一陣子，但小莫實在太紅了，才會拖到現在。他這一去，可能沒個兩、三年不會回國吧？可惜沒人半夜陪我打遊戲了。」

說來也巧，徐安東那過世的父親曾短暫地出國學廚，但終究無法適應巴黎的劇烈競爭，沒到一年便鎩羽而歸。

他想盡辦法連絡了當初照顧父親的小餐館，那位華人師傅竟還記得父親。徐安東在一個月內辦了休學手續，說服徐母，用所有的積蓄買了單程機票，就這麼一躍前往星星降落的國度。

即使歷經波折，但徐安東初次站到那人面前，發現那個人的目光，頭一次切實落在他身上時，頓時覺得一切都值得了。

「你就是亞莉的哥哥嗎？我叫艾莫，初次見面，請多多指教。」

十四歲的少年，比起上回見面又成熟許多。在電視上看過許多次的精緻五官、近距離觀賞也挑不出半點毛病的胴體，還有介於少年與男人間，那種青澀的魅惑感，讓徐安東失神了好一陣子。

從前在片場時，徐安東很少見到艾莫笑，這男人總是吊兒郎當，凡事滿不在乎的模樣。他第一次發現，那雙帶著星晨的黑眸，笑起來竟是這樣迷人。

他與他的星星交換連絡方式，被他拉著滿巴黎亂跑，也不過是他們重逢過後不到一個月的事。

艾莫人緣極好，朋友也不少，徐安東每回受邀出去，不是在艾莫朋友的遊艇上，便是在市區的酒吧，不然就是哪間豪宅的泳池派對。

那人總是被包圍在一堆泳裝美女間，摟這人的腰，親另一個的嘴，沒閒下來的時候。

唯一獨處的機會，大約只有吃甜食時。

艾莫嗜甜，這麼一個鋼鐵直男，卻對甜點無法自拔。蛋糕、布丁、甜麵包、可麗餅、水果塔、馬卡龍，甜點王國巴黎，對艾莫而言猶如天堂。

徐安東從被艾莫帶著到處吃甜食，到最後一頭栽入甜點師傅的領域，親手為艾莫量身打造高糖度的甜點，大約也只花了一年的時間。

這麼可愛一定是男孩子

艾莫的口味變化總是很快，不單是在甜食上，也在私生活上。

每回徐安東帶著試作的甜食去寓所找他，十次中總有七次，會看見半裸白人女性披著外套，從門縫裡慵懶地探出頭來。

「Athony，你有女朋友嗎？」

有回徐安東帶了試作的檸檬塔給他，那是艾莫頭一回約他去吃甜點時的品項。

「……沒有。」

「你之前有交往對象嗎？」

「沒有，而且我才十五歲……」

徐安東漲紅著臉，但艾莫聞言竟哈哈笑起來。

「十五歲又怎麼了，又不是五歲，你雞雞長好了嗎？長好就行了，跟女人做愛又不是多難的事，難不成還得先考執照嗎？」

徐安東有點難以相信這樣粗俗的話，會從那張天使般的口中講出來，但艾莫已經攬住他的肩膀。

「這樣吧？下次Yetty他們開遊艇趴，你跟我一塊去？我朋友說有幾個俄羅斯來的女生超辣，你在裡頭物色物色，搞不好能找到喜歡的。」

徐安東裸身來法國學廚，身上一清二白，艾莫把自己全身行頭都借給徐安東，名牌西裝、名店皮鞋，一塊抵上他一年飯錢的手錶。

在鏡前看見自己時，徐安東幾乎認不出來那是誰。

徐安東身高挺拔，身材平心而論挺不錯，和艾莫相偕出席時，還當真在艾莫的朋友間造成不小騷動。

「Averson，這你朋友？韓國人？日本人？」

幾個穿著低胸晚宴服的白膚正妹朝徐安東湊過來，波濤洶湧的畫面讓徐安東渾身都僵直起來。

「是Anna徐的親哥哥，來巴黎學當甜點師傅。」艾莫介紹著，Anna是徐亞莉的英文名字，圍觀群眾都「喔」了聲，用法語七嘴八舌。

「Anna美眉的哥哥啊！難怪這麼英俊。」

「你叫Anthony？待會要一起玩牌嗎？」

艾莫在一旁啜飲著女性朋友剛遞上來的雞尾酒，還笑著說：「你們別太熱情嚇著他了，Anthony還是處男呢！」

那一整晚徐安東都被拉著參觀遊艇，灌了不少酒，整個人雲裡霧裡，他的天使則不知道消失到哪去。

他不得不趴在甲板上，吹海風稍事休息，有個金髮外國臉的正妹朝他走來。

「欸，你聽得懂中文吧？跟Averson同鄉的話。」金髮妹壓低聲音。

徐安東滿腦子酒精，迷迷濛濛點了下頭，他發現自己的眼鏡不翼而飛，難怪視線這麼糊。

「我叫Peggy，來自塞爾維亞。」她先簡單自我介紹，「你跟Averson很熟吧？他從來不帶男人出席派對，你是第一個。」

徐安東還在想這女人幹嘛跟他搭話，便聽見她說：「喂，你能不能製造個機會，讓我跟艾莫獨處啊？我之前有跟艾莫交往過，沒想到有天他居然說，我們只是砲友，他現在沒交女朋友的心情，就這樣擅自決定我們的關係。氣死人了！虧我還為了他特別去學中文。」

徐安東正想難怪她中文這麼溜，顯然為接近他的天使下了苦功，金髮妹又雙手合十。

「拜託你了，我真的很喜歡他，我對Averson是一見鍾情。」

這麼可愛
一定是男孩子

一見鍾情，徐安東在唇齒間複誦著這四個中文字。

徐安東在派對結束時回到艾莫身邊，他正坐在遊艇的船舷上，和一個明顯大他十歲以上，穿著銀色亮片禮服的大胸妹擁吻。

「怎麼樣？有找到真愛嗎？」艾莫望著徐安東醉得泛紅的眼角，笑問。

徐安東坐在他身側，刻意捱近他大腿。大胸妹像是覺得沒趣，自行先撤退了，臨走前還對艾莫拋媚眼。

「嗯，有個女孩子很不錯。」徐安東沉靜地推了下眼鏡。

「喔喔，真的？叫什麼名字？要是我認識的話，還可以幫你從中牽個線。」

「叫Peggy，好像是塞爾維亞人，我們剛聊了一下，她中文很好。」

艾莫明顯怔了下，隨即笑道：「喔，是她啊！看不出來你喜歡這一型的，她滿聰明，但就是強勢了點，有時會讓人有壓迫感，但本性滿善良的。」

「你有辦法安排我跟她獨處嗎？最好選你不在的時候，否則我怕她這樣的美女，可能不會看上我。」徐安東刻意面露惶恐之色。

艾莫拍了拍他的肩。

「沒問題，我來安排。追女孩子我在行，這次絕對會讓你破處的，Anthony。」

徐安東始終沒能破處。

但透過介紹女朋友，他和他的天使得以繼續拉近距離。

雖然因為對象多數是艾莫的前女友，徐安東在艾莫的巴黎友人間，得了個「資源回收專戶」渾號，徐安東也滿不在乎。

「你是不是喜歡男人啊？」有回艾莫在一次飯局裡問他。

徐安東心頭一顫，「什麼？為什麼這麼問？」

艾莫雙手抱著膝，那日益成熟的側臉透著些許深沉。

「喔，沒什麼，因為我介紹了你這麼多女人，但沒一個能和你修成正果，就想會不會一開始就搞錯方向了。」艾莫笑著。

徐安東的臉上閃過一絲不自在。

「我不是，我和你一樣喜歡女人，只是剛好沒遇到合意的而已。」

艾莫連忙笑道：「說的也是，我自己也沒能交到女朋友，還說你呢！真是抱歉，下次我不會再這麼說了。」

徐安東曾經以為，他與天使會就這麼下去。他在地面，而天使在雲端，他安於瞻仰的位置，就這麼一生一世。

但天使卻在某一日，落入了凡塵，落進了他的懷抱。

「徐安東，帶我走。」他的天使對他說：「去哪裡都好，只要離開這個地方，快點。」

那是個雨夜，艾莫在夜深人靜時，忽然現身在合租公寓的大門口。

他身上什麼行李也沒有，髮鬢微亂，但遮掩不了那張蒼白俊美的面容。

他的指甲皸裂，感覺是被活生生咬開的，滿手都是鮮血，鎖骨上有瘀青，脖頸上有醒目的咬痕。那雙星晨一般的眸子，彷彿即將殞落一般搖搖欲墜。

徐安東驚得說不出話來，本能就想問發生什麼事。

這麼可愛一定是男孩子

但當時年少的他隱約地察覺到，艾莫是來求救的，他需要自己。

他的星星需要他，一生僅此一次。

於是徐安東什麼也沒問，只用最快的速度收拾簡單行囊、打電話向飯店請假，兩個未滿十六歲的少年，就這麼雙雙跳上最近一班往南方的火車。

他們轉了幾次車，走了不少路，從都市到鄉村，從白天到黑夜。

路程中艾莫大部分睡著，他們錯過最晚一班往普羅旺斯山城的車，只得夜宿車站一宿，艾莫倚在他肩膀上，因為寒冷直往他懷裡縮。路過的車站流浪漢還看了他們一眼，好在沒對他們做什麼。

徐安東一動也不敢動，深怕驚動懷裡的天使，雖然天氣寒冷刺骨，徐安東卻覺得彷如置身炎夏。

夜深時，艾莫終於轉醒，徐安東用僅剩的盤纏在車站買了杯熱可可，讓艾莫端著啜飲。

「你不問我……發生什麼事嗎？」艾莫呵著冷氣問他。

徐安東看了那張近在咫尺，蒼白的臉蛋一眼，「你想告訴我嗎？」

艾莫沉默片刻，又說：「真抱歉，給你添了麻煩。」

徐安東輕哼了聲，「沒辦法，誰讓我對你一見鍾情呢。」

艾莫有些訝異地望向他，徐安東笑起來，艾莫也跟著笑了。兩個少年在車站笑得前翻後仰，連站長都出來查看情況。

他們一路南行，艾莫沒帶細軟，連手機都沒帶出來，徐安東自掏腰包付了車費，但他學徒一個，阮囊羞澀，大多數時間只能徒步旅行。

好在他們兩人年輕，又相貌姣好，特別是艾莫，只消蹲坐在路邊片刻，就會有不認識的男女來搭訕。

後來他們加入一隊全是白人的露營隊，領隊是個中年婦女，她相當中意艾莫，直到分離時還戀戀不捨，邀請艾莫去她里昂的家作客。

他與艾莫白天走在一塊，和那些旅伴談天，夜晚就捱在同個睡袋裡，肩並著肩入睡。

往往夜深時，艾莫還會把頭埋進他頸窩裡，熱息吹進徐安東的頸窩，讓他一夜無眠。

他們在旅行兩週後，抵達一座山城，艾莫跟他說那是雷柏村，是普羅旺斯最美的一座山城。

那天是聖神降臨節，又叫五旬節，對法國基督徒而言是大日子。不少穿著傳統服飾的婦女在街上走，商店販售著餡餅和啤酒，四處可聞樂隊的吹奏。

「你看過《梨花海棠》嗎？」艾莫忽然問他。

徐安東搖頭，艾莫喃喃說：「那是路蘭……是我媽拍的第一齣戲，聽說那部戲裡外景都是在這裡拍的，也是我爸媽定情的地方。」

他和艾莫走過一路蜿蜒上山的石子路，穿過無數小巧富有風味的雜貨店，在仙人掌和石子砌成的圍欄旁健行。

艾莫始終神情虔誠，彷彿瞻仰聖地的信徒，在許多綴滿地中海花卉的轉角佇足，或閉目瞑想，或遠眺發呆。

那天晚上，他們夜宿在山城裡的民宿。

老闆是個豪邁的當地大叔，說能提供他們免費一夜的住宿，看艾莫的眼神就像看自家兒子一般。

艾莫仰躺在簡陋的鐵架床上，看著潮溼的石子穹頂，把手枕在腦後。

這麼可愛一定是男孩子

「……我侵犯了路蘭。」他忽說。

徐安東一時反應不過來，只詫異地眨著眼。

艾莫用手臂遮住眼瞼，神經質地輕笑著，「很可怕吧？我和我自己的親生母親上床了，貨真價實的。」

徐安東沉默了好一陣子，「為什麼……？」他問。

艾莫吐了口長氣。

「我媽總是……心情不好，常常一個人喝悶酒、吃藥。那天她吃完藥之後，忽然把我叫進她臥房裡。我看見她背對著我，坐在床上，我像往常一樣，叫她『Madam Roland』，但她沒有回應……」

他語句斷續，描述卻十分清晰，像是要藉由講述，把那些壓在胸口的祕密一鼓腦發洩出來似的。

「她讓我躺到床上，我問她身體還好嗎？需不需要叫醫生來？路蘭都沒回答我。然後她、忽然脫了我的褲子，還有衣服，全身都脫光，她……用手摸我的那裡，一直摸，還舔，直到它勃起。Anthony、我……」

他似乎承受不住般，掩著臉背過身去，但徐安東掩不住驚駭。

「這樣是你媽侵犯你才對啊！為什麼是你侵犯她？」他脫口而出。

艾莫怔了怔，「路蘭……侵犯我？但我是男的啊，如果我不願意、沒勃起，路蘭根本沒辦法跟我上床，女人怎麼可能侵犯得了男人呢？」

徐安東也怔了下，他終究是個十五歲的處男，也被艾莫的話弄得混亂起來。

兩個男孩相對無語良久，徐安東才說：「不管怎樣，你應該報警，或至少跟你父親說。」

「不，那怎麼行！」艾莫馬上說：「我爸很凶，萬一被他發現，他會罵死我的，說不定連路蘭都會遭殃。而且我爸說了，我以後還要回國演戲，萬一這事傳出去，以後都不會有人發我或我媽offer了。」

徐安東沉默良久。

「茂山哥知道這件事嗎……？」他問。

「嗯，他一直很想幫我，但他也沒法違抗我爸。」艾莫苦笑著，「其實這不是第一次發生了，但以前路蘭沒讓我做到這地步，最多只到摸身體。她那天……心情特別不好，我看她那樣子，實在拒絕不了，就照著她的話做。喔，天呀……」

他改而用法語感嘆：「*Anthony*，我會下地獄吧。我會像主日課老師說的一樣，被地獄烈火焚盡……」

那天晚上，他的天使一夜無眠。

徐安東像往常一樣，和他肩並著肩、腿貼著腿，耳鬢廝磨，親密得無一絲細縫。

「我現在……很怕進臥房，很怕睡在床上。」艾莫躺在徐安東身側，緩慢地說著。

「我一看見雙人床，就會想起那些情境，會想到路蘭的裸體，想到那些沒辦法控制的衝動。」

「我沒辦法像以前一樣，跟那些女孩子上床，Anthony。我總會想起路蘭，我怕女人，怕對她們產生欲望，我沒有辦法一面對她們勃起，又同時控制自己不對親生母親勃起，我做不到。」他用兩手遮著臉，「再這樣下去，我會再也無法與女人在一起，這一輩子，我該怎麼辦才好？Anthony……」

徐安東望著蜷縮成一團的少年，彷彿當真看見了他身上的羽翼，被汙穢的顏色濁黑；蒼白美麗的肌理，被成人貪婪的色欲攀附。

這此之前，徐安東眼中的艾莫，就是個純白無瑕的天使。

徐安東愛他、敬他、珍惜他，但從未對艾莫有什麼其他想法。

這麼可愛一定是男孩子

徐安東無法不去想像，艾莫如何在母親的床上，縮著身子，發著抖，被強迫著勃起、射精，在羞恥與背德的鞭打下，卻又無法壓抑內心深處欲望的模樣。

徐安東口乾舌燥，眼角也溼熱起來。

他聽見自己吞嚥口水的聲音，然後問出了他一生一世的話語。

「如果跟女人沒辦法的話。」徐安東啞著嗓音，「那，跟男人呢？」

「辛苦了！這樣就全部拍攝完畢了。等排版之後，我們會再把稿件傳過去給你們確認。」

艾佛夏從拍攝臺上站起來，和攝影師握了手。

今天是他預定在夏季出演的新劇《唯男子與小人難養也》的宣傳雜誌拍攝，艾佛夏在該劇中飾演一個被知名女製作人包養，出賣身體換取演出機會的小白臉演員，是炎上事件後首次的BG愛情劇。

艾佛夏換下拍攝用的西裝，韓茂山已先去停車場開車了，他今晚約好要和方逢源一塊編「諾亞方糖」的夏季原創曲，整個歸心似箭。

但才步出攝影棚，艾佛夏腳步卻頓了下，只因長廊彼端走來一個人。

他身材高大，剪著英挺的短髮，穿著很是清爽的運動服，不像記憶中一樣戴著眼鏡，眉眼似乎上了點妝，俊俏中帶著點從前沒有的嫵媚。

艾佛夏還在猶豫要不要出聲，對方卻先發現了他。

「艾莫前輩。」徐安東一如往常平靜。

艾佛夏見他身後還跟著經紀人，露出招牌小太陽式微笑。

「是Anthony啊，好久不見了，來拍戲嗎？」

「嗯，來拍新戲的訪談節目。」徐安東說：「艾前輩也是嗎？那齣《唯男子與小人難養也》下週就要首播了吧，和韓國女星跨國合作，還是被譽為女神的重量級演員，真是令人期待。」

艾佛夏苦笑了下，「我的事，你知道得還真清楚。」

他看著那張溫吞不再的俊臉，恍惚想起了多年以前的那個夜晚。

雷柏村那晚過後，他與徐安東本來打算再向南走，甚至商量要偷渡過國境，到地中海周邊的國家。

但兩名少年的逃亡計畫沒能實現，徐安東旅費用罄，艾莫的美男攻勢也不是時時管用。他們在亞維農用網路訂火車票時，不得不用上艾嘉的信用卡號碼，被找人找到快瘋掉的韓茂山逮個正著，通知車站人員攔截這兩個未成年人。

韓茂山勒令他們待著不准動，否則就叫警察，自己連夜驅車南下逮人。等待韓保父的過程中，艾莫和徐安東並肩坐在車站前的長椅上，看著熙來攘往的旅客，一輛火車鳴著笛，朝看不見盡頭的軌道彼方遠去。

艾莫看著徐安東昏昏欲睡的側臉，忽然握住他的手。

『Anothny.』艾莫對著他呢喃：『Anothny，我們逃走吧？逃到沒人認識我們的地方，兩個人一起，好嗎？』

那時候徐安東已然半夢半醒，並沒回應他的邀請。

如果回應了，會發生什麼事，艾佛夏不清楚，事到如今誰也不會知道了。

艾佛夏看著就要往攝影棚那端離開的徐安東，出聲叫住他。

「Anthony！」

徐安東回過頭來。艾佛夏抿了下唇，猶豫了好半晌，才開口。

「……謝謝你。」他說：「還有，對不起。」

徐安東看了他一眼，笑容與記憶中的少年接軌。

「沒辦法，誰讓我對你一見鍾情呢！」

——番外2〈一見鍾情〉完

Sidestory 3

番外 3
男神不會的事

「艾佛夏先生，感覺都沒有什麼不擅長的事呢！」

事情的起因，是一個週六午間的熱門綜藝節目。

那是個益智闖關節目，來賓會挑戰節目為其量身打造的小遊戲，獲取積分。如果積分達到一定標準，就能獲得節目組準備的昂貴禮物。

艾佛夏和幾個共演演員一起上節目，宣傳他在首爾拍的新戲《唯小人與男子難養也》，小遊戲包括電玩、投籃、水中憋氣等等，都是綜藝節目常見的套路。

而艾佛夏也不負主演身分，大半遊戲都擔綱關鍵角色，電玩固然玩得風生水起，投籃大滿貫，連用筷子夾綠豆這種樸素的勾當，也都出乎意料地擅長，破了節目有史以來最高記錄。

綜藝節目在網路平臺上同步播出時，彈幕滿滿讚譽之詞。

@AverForever：不愧是我的男神！

@AverMyLove：日常同情對手三秒鐘XD

@Aflatter：艾佛夏真的太強啦！我看過他演籃球選手那部，還以為是替身，沒想到他真的會打。

@GodBringMeFly：上次有看他帶女演員去夜市的企畫，夾娃娃清臺、射飛鏢射到老闆跪下來求他，都懷疑是不是節目安排的了（臉青貼圖）……

@GoDieGoDie：幹恁娘，人帥又什麼都會，這種人為什麼要生在世上，給我下地獄去吧！

有人還在訪問影片下推了一句，「艾男神應該沒有不會的事情吧！」

這句話在網上引起熱議，「＃Averson／技能」、「＃國民男神／不會的事」一度成為推特熱門趨勢。許多老粉也開始清查艾佛夏過去許多豐功偉業，各種花式吹捧，一時蔚為話題。

「你真的、沒有不會的事嗎……？」

方逢源暫停了補檔影片，問身後全裸賴在沙發上摳腳的某男神男友。

這麼可愛一定是男孩子

兩人剛經歷一場酣暢淋漓的唇、槍、舌戰，從晚餐後一直持續到午夜。儘管艾佛夏明日……應該是今日了，還有滿滿一整天的爆炸行程。

主要是艾佛夏從首爾拍戲歸來，兩人將近一個月沒實體碰面，都是乾柴烈火。

艾佛夏臨時起意，在方逢源胯下架了攝影機，特寫兩人交合部位，再放大播在投影螢幕上，讓方逢源一邊欣賞自己顫抖的穴口，一邊在他抽插下尖叫高潮。

更有甚者，艾佛夏邊折磨他，邊還費心在身後解說。

『來，你仔細瞧，你的嫩肉翻開來了。你看，這麼紅，這麼溼，還發抖呢！很期待被我插是嗎？

『吃得那麼深，都看得見裡頭了……就這麼喜歡我的肉棒嗎？

『嗯？不是？那為什麼這兒合攏不起來？你自己抬頭看看螢幕……』

但即使玩得如此over，男神在床上還是游刃有餘。

兩人交往超過一年，艾佛夏的花招卻像是有無窮無盡般，每次都能在床上玩到方逢源彈盡援絕、十魂去掉九魂半，發誓再也不上鉤之餘，卻又禁不住回味，下回又自己跳上來咬餌，如此良性循環。

姑且不論其他，艾佛夏的床上功夫絕對是出類拔萃，「能幹」到方逢源不甘心的地步。

「唔……不知道耶！畢竟我藝齡很長，不知不覺就學了很多東西，但都不精通就是了。」

艾佛夏在沙發上裸體滾了一圈。他身材也好到天怒人怨，也沒看他特別節食，健身房也就每週去個兩、三次的程度，但每個角度拍起來都像希臘雕塑。

艾佛夏體能也極佳，各種運動都難不倒他。

方逢源見識過他的溜冰技巧，看過他和自家老爸比游泳，在綜藝節目上看過他各種球類運動，羽球、籃球、排球、躲避球、桌球，雖都不到頂尖程度，但大致都能打出平均以上的水準。

「我在巴黎的時候，有加入學校足球隊，是踢前鋒喔。」艾佛夏還補充。

艾佛夏精通英法中三國語言，而交往之後，方逢源才發現男友會的遠不僅此。

上回他微服去新加坡探望方逢源和朱晶晶，便用馬來語和劇組相談甚歡，他看得懂看板上的泰文和印尼文。家中常有歐洲臉的訪客，聊天時語言都不在同一個頻道上，神奇的是彼此都知道對方在說啥。

「我朋友很多，來自各個國家，劇組裡也常有不同國籍的人，有時間聊會請他們教我兩句。」艾佛夏若無其事地說。

艾佛夏的音樂細胞也不必說，方逢源都快嫉妒起這人的編曲天分來。舞蹈也受過專業訓練，出演過音樂劇。

烹飪方面自不用提，方逢源本來想到縫紉，但自從他有事沒事教艾佛夏兩手後，發現這人手工天分卓絕，不過練習個幾次，就能縫出媲美縫紉機的針腳。

方逢源後來才知道男友學過武術，跆拳和柔道都是帶級以上，也難怪當初能這麼輕易放倒那個巨漢跟蹤狂。

「啊，我還會西洋劍喔！以前演中世紀古裝劇時學的。西洋劍超有趣的，比賽都要重播錄影檔才會知道誰輸誰贏，那時候跟我的技術指導打得可過癮了，雖然最後只贏了他一次就是了。」艾佛夏笑說。

「那學科呢？」方逢源只好使出殺手鐧，「你應該不愛念書吧！至少數學之類的應該不擅長？」

「唔，我確實沒上過幾年正規學校，不過二十歲時，有去考什麼入學大學同等學力測試，我爸要求的。」

艾佛夏笑著，走到廚房倒了杯水，看著牆上的月曆。

「那時候我已經紅起來了，戲約多到爆炸，也沒什麼時間念書，印象中考試前一週才開始在片場K書，還讓Mountain把書錄起來讓我在外景車上聽，後來每科都是低空飛過。但數學因為不用背，分數有比較高一點就是了。」

「……」

方逢源實在不死心，從艾佛夏口中問不出來，他決定從親近的人下手。

從兩人正式認愛交往開始，韓茂山就從艾佛夏一個人的保父，晉升為他和男友兩個人的保鑣。

方逢源對這位海軍陸戰隊長，也漸漸沒了一開始的懼怕。而且那體型真的很給人安全感，方逢源和艾佛夏相偕出門，遇到狗仔跟蹤，若是韓茂山在場，只消居高臨下瞪一眼，再難纏的狗仔都會屁滾尿流。

之前他陪艾佛夏參加慈善酒會，有個三流男演員藉機摸他短裙下的屁股，還開玩笑地說都是男的，碰一下又不會少塊肉之類的。

韓保父直接像抓小雞一樣把人拎起來，扔出場外交給保全處理，據說這人有半年都沒再出現在螢光幕前。

方逢源事後向他致謝，韓茂山還扔給他一條披巾。

『下次裙子別穿那麼短，會冷。』他用爸爸對女兒的口吻說道。

「……Averson 不擅長的事？」

韓茂山挑眉，兩人正在休息區等艾佛夏，準備拍攝結束後一塊去做臉拔粉刺。

「不擅長體諒別人、不擅長回簡訊、不擅長聽人說話，性格幼稚、好了傷疤忘了疼、不見棺材不掉淚，這些還不夠多嗎？」

韓茂山冷冷地說，方逢源只得苦笑。

「不過夏哥……真的演過很多角色呢！而且感覺什麼戲路都有。」他說。

交往之後他努力補了不少檔，但艾佛夏除了電影和偶像劇，還演過那種很水的鄉土劇，洋洋灑灑上百集，追都追不完。

「因為 Averson，有很長一段時間沒有人氣。」韓茂山說。

「是……剛從法國回來那時嗎？」

「嗯，童星很常遇到這種狀況，會有一段斷層期。Averson 童星期太紅了，斷層期也特別嚴重，喜歡童星艾莫的人，會下意識排拒男演員艾佛夏。」韓茂山擺出資深經紀人的專家姿態分析著，「不紅的話，就只能以量取勝，曝光度高了，多少就能被觀眾記得，就算拿不到好戲約也有機會。」

依韓茂山的說法，艾佛夏十六歲從巴黎學成歸國，幾乎找不到像樣的戲約，就算靠著艾嘉的庇蔭也沒用。

為了繼續活在螢光幕上，艾佛夏幾乎什麼角色都吞。兒童節目的跑龍套、一閃而逝的街邊角、混混反派，還有片長三小時，有兩小時半都躺在解剖臺上的推理劇被害人……只要能讓自己的臉出現在鏡頭前，艾佛夏都來者不拒。

「那時候他半年接七、八個戲約，從早拍到晚，幾乎沒休息，一直到拍《好好先生》前都是那樣，還拍到半夜昏倒，去急診掛點滴。」韓茂山似乎也想起往事，語氣特別感慨。

方逢源問：「但我不懂，演員……是演什麼，就要去學那方面的事情嗎？像夏哥演花滑選手，就要學溜冰那樣，這樣演員不是很累嗎？什麼都要會。」

「看導演，不同導演會有不同程度要求，多數都只要求學形會意，太過困難的部分還是會找替身。」韓茂山嘆口氣，「但Averson的狀況……又有點不同，即使導演沒要求，他只要感興趣，就會發了瘋地去鑽研，有時候瘋到連本業都荒廢。」

韓茂山說，比如演花滑的時期，艾佛夏便徹底迷上溜冰。片場在北海道帶廣，那裡四處都有溜冰場，艾佛夏當時一下戲就往冰場衝，還結交了一群同樣喜歡花滑的日本朋友，日文就是那時候順便練起來的。

有回艾佛夏演軍人，雖是出鏡不到十五分鐘的龍套，卻因此迷上打靶，還自掏腰包請教練，打到教練都想延攬他的程度。

艾佛夏還演過賽車選手，為此考了自排駕照、買了賽場會員證，跑車跑到差點摔成半身不遂，被韓茂山勒令未來十年不準碰離合器。

艾佛夏在演熱音社吉他手時接觸到電子音樂，從此一頭栽進編曲世界，寫曲子寫到廢寢忘食。

艾佛夏曾為了一分鐘開船的戲，去考了小型船舶駕駛執照。

「夏哥……真的很努力呢，為了把戲演好。」方逢源怔然說。

「才不是這樣，他是假借演戲的機會，去玩他想玩的。證據就是當年他演游泳選手時，玩跳水摔斷腳踝，導致那戲不得不為了他延後拍攝一個月，都跟他講多少次讓我跟著了。」

講起往事，韓茂山滿肚子恨液，方逢源趕忙陪笑安撫。

「……但他、有他的立場吧！」

韓茂山頓了一下，才抱著臂開口。

「他是艾嘉的兒子，就算拿到好角色，也不會被認為是憑實力。他也常被和蘭芝作比較，演得好會被說『不愧是路蘭的兒子』，演不好會被嘲笑『傳奇演員的後代不過如此』，不論毀譽，都只是『路蘭的兒子』。」

方逢源靜靜聽著，韓茂山又說。

「在這前題下，無論他再怎麼努力，都只會被人當話柄。所以那傢伙不想讓人覺得他很努力，擺出一副玩樂的樣子，就算最後的結果不被看好，也不至於太受打擊……他從前給我的感覺就是這樣。」

他見方逢源一臉意味深長地看著他，不自在地別過臉。

「你不要誤會，我可沒有為他說話的意思。你不是問 Averson 不擅長什麼嗎？他最不擅長謙虛，你太慣著他，包準以後被他爬到頭頂上。」

方逢源陪朱晶晶去某攝影棚時，遇到剛拍完鄉土劇的女演員，艾佛夏的青梅竹馬，現在當紅的 YouTuber 亞莉安娜。

方逢源問徐亞莉：「亞莉姊，艾莫有什麼不擅長的事情嗎？」

徐亞莉穿著一襲亮麗的白色長褲套裝，戴著寬邊遮陽帽，聞言認真想了一下。

「唔……這麼說起來，小莫還真是什麼都行呢！」她笑說：「他就是這種人，看起來吊兒郎當，但真讓他做什麼，又能很快學起來，甚至做得比一般人還上手，真他媽有夠讓人不爽。」

方逢源心有戚戚焉，徐亞莉又歪了歪頭。

「真要說有什麼他不擅長的，可能就是人際關係？」她說。

「人際關係？」

「是呀，你應該也感覺得到吧，小莫什麼沒有，就朋友超級多。我們圈內人都說，想要認識什麼人，請小莫牽線就對了。」

徐亞莉笑嘻嘻地說著。

「也因為這樣，有段時間他很困擾的樣子。太多人喜歡他，想要親近他了，但小莫就只有一個，沒辦法分身，有時候一個處理不好，就會不知不覺得罪人，你應該聽過他以前被人糾纏的事吧？」

方逢源一怔：「是被私生飯跟蹤嗎？夏哥有提過，他因為被騷擾，才搬到現在的公寓。」

「不，是他去巴黎念書的事。當時有個演員學校的女同學，是個滿內向的女孩，好像被其他同學霸凌，自殺未遂過好幾次。」

據徐亞莉的說法，艾佛夏當時出來主持公道，讓那些人不再欺負女孩。

女孩當然相當感激他，從此到哪都黏在他身邊。

但艾佛夏身邊總是圍滿了人，女孩沒法靠近他說話，就常遠遠躲在一角，從暗處觀察著艾佛夏，從學校到家中，再從家中到各種休閒場所。

時間久了，艾佛夏也覺壓力大，便委婉地向女孩表達自己不喜歡這樣。

女孩沒特別表示，而過沒多久，艾佛夏就收到女孩親筆寫的，長達六十頁的法文告白信。

信中鉅細靡遺地寫滿了女孩和艾佛夏相識後的點滴，包括艾佛夏為她解圍的事，還有艾佛夏向女孩說的每句話、每個動作、每個相遇的場所、每個不經意的眼神，有些艾佛夏壓根就不記得。

艾佛夏不知該如何處理，他把信的事視訊告知當時在國內的徐亞莉，兩個青少年聊天調侃了一番，也就忘了這回事。

但過沒多久，就傳出女孩在學校樓頂跳樓自殺的消息。

「那時候學校議論紛紛，大致朝她被霸凌自殺的方向處理，但小莫似乎打擊很大，他覺得自己是壓垮駱駝的最後一根稻草。」

徐亞莉嗓音略沉。

「我有感覺從那以後，他對朋友就有所保留，像你或我這種自己也能活得很好的人也就罷了。對那種把他當偶像、當人生目標，或當浮木依附的對象，比如Ruka姊，或是像我哥那種人，就會若即若離。」

「……太受歡迎的人，也是很辛苦呢！」方逢源喃喃說。

「不過他，終究遇見了你啊！」

徐亞莉笑說，方逢源一怔抬頭。

「在全世界的人都把他當男神，認為他無所不能，什麼難事交給他，他都絕不會讓人失望時，卻有個小不點在這裡，四處關心他還有什麼做不到的事。」

方逢源臉上一紅，徐亞莉伸出手，撫了一下男孩只到她下顎的頭頂。

「要說小莫有什麼不擅長的事，那就是好好珍惜你吧！像你這種寶貝，他要是放走了，肯定要孤獨終老一輩子了……記得跟他說這話是徐亞莉說的。」

方逢源最後的諮詢對象，是不請自來的。

這麼可愛一定是男孩子

某個下雨的晌午，方逢源在拍攝結束，將道具收拾回倉庫時，在電梯裡遇見了那個男人。

那個男人似乎在讀劇本，據艾佛夏的情報，他最近接了齣懸疑劇《同學，請問你的學號？》首次擔綱主演，飾演偽裝成善良教師的變態殺人魔。

他抬頭看見方逢源，明顯也怔了一下。

但這時電梯門已經關了，兩人的目的地都是地下停車場，中途也沒人進來，氣氛尷尬到不行。

方逢源鼓起勇氣偷覷徐安東的側臉，拍完《這麼可愛》後，方逢源有將近一年半沒跟他實體碰面。

徐安東的形象也改變許多，在自己的YouTube頻道大膽出櫃後，他拿掉戴了二十多年的眼鏡，頭髮也剪短了，輪廓變得深邃鮮明。

他本來就長得英俊，這樣操作起來，更給人一種憂鬱型男感，有時方逢源在電視上偶然瞥見了，想起往事都還會心跳加速。

「……徐安東先生。」方逢源先出聲。

「沒話講的話可以不用勉強找話題。」徐安東馬上說。

方逢源一時呼吸一滯，他抿著唇沉默半晌，還是開了口。

「徐先生知道夏哥……艾莫他，有什麼不擅長的事情嗎？」

聽到這個名字，徐安東明顯動搖了一下。

「不擅長……？」

「嗯，徐先生跟夏哥認識很久了，不是嗎？想說徐先生會不會知道什麼……不為人知的小祕密之類的。」

方逢源見徐安東透過電梯裡的鏡子打量他，頓時有些緊張，想說些什麼圓場，但徐安東已主動轉過身來，朝他逼近。

「徐……」

方逢源還未來得及開口，徐安東的大掌已「碰」地壓在他身後玻璃上。

他比方逢源高出一顆頭，此刻居高臨下，壓迫感十足，堪比新劇預告片上的殺人狂教師。

「同學，請問我可以吻你嗎？」徐安東看著眼前縮成球狀的男孩。

方逢源一愣，抬頭見徐安東唇角微揚，知道對方又在捉弄自己。

他瞥了眼電梯頂上的監視器，深呼吸了兩次，勒令自己抬頭挺胸。

「……當然不行。」

「嗯，正常人的反應都應該是這樣。」徐安東咧唇一笑，「順帶一提，剛剛那是劇本裡的臺詞，下一句就是『那請問我可以拿刀捅死你嗎？』」

他直起身來，抱臂靠回牆上，方逢源整顆球一鬆。

「但你知道，如果你用同樣的話問艾莫，他會怎麼回答嗎？」徐安東又說：「如果是有好感的女性，他絕對來者不拒，即便是男人，或是他不喜歡的人，艾莫也會笑著讓氣氛和緩過去，絕不會像你這樣不顧對方感受拒絕。」

方逢源像要反駁什麼，但徐安東搶在前頭。

「艾莫很習慣聽話，聽大人的話、導演的話、他爸的指示……他習慣滿足所有人對他的期望，他這輩子最不擅長的，就是讓人對他失望。」

他又揚唇，「不信的話，你回去要求他做件為難的事，比如叫他學狗叫繞屋子跑三圈怎麼樣？他搞不好也會照做喔？」

方逢源沉默良久，才說：「徐安東先生，您真的很壞心。」

徐安東用喉底的聲音笑了，「多謝稱讚。」
「叮」的一聲，電梯終於到了底，兩人都鬆了口氣。
方逢源趕忙彎身搬起滿箱拍攝道具，離去前，又頓住腳步。
「……不過，多虧了徐先生，我知道夏哥真正不擅長的是什麼了，謝謝你。」

這麼可愛一定是男孩子

艾佛夏結束了一日的宣傳行程，回到寓所時，發現門內燈還亮著。
他微感驚訝，雖然滿身疲倦，但想到那個總是會在沙發上，穿得正正經經等待他的小不點，艾佛夏心中便湧起一鼓難以言喻的暖意，精神也回流過來。
「嗨～小圓。怎麼，那麼想我啊？這麼晚了還捨不得睡？」
艾佛夏強打起精神開了門，但一進門便愣住了。
屋內什麼身影也沒有，甚至也沒開大燈。
門外的光影來自流理臺上的蠟燭，蠟燭插在疑似小蛋糕的東西上。
而艾佛夏記得今天並非他們之中任何一個人的生日，當然也不是什麼情人節或耶誕夜。
「小圓……？」艾佛夏試探地叫了聲，屋內沒人回應。
艾男神滿頭黑人問號，只得往廚房走了一步，這才看清那是個餡餅塔，看上去很像他在法國吃過的檸檬塔，只是歪歪扭扭的，成色看來也不大美味，料想是哪個不擅長甜點的人手工製作的。
艾佛夏尚未反應過來，腰上便微微一暖，有什麼人從後抱住了他。
他先是一顫，隨即神色和緩，「小圓，怎麼啦？突然做起這種東西來。」

身後的人收緊手臂，猶豫片刻，「……我找到了。」

「找到什麼？」

「男神不會的事。」

艾佛夏一愣，隨即笑了，「是什麼……？」

方逢源吸了吸鼻子，「就是習慣自己也有不會的事。」

艾佛夏愣了下，方逢源繞到他身前，彷著平常的樣子，雙手環著他精實的腰肢，仰視交往一年餘的明星戀人。

「習慣自己學不會某些事、習慣在某些事情上比不過別人、習慣在親近的人面前示弱，把不會的事、交給喜歡你的人，還有……」

艾佛夏低下首，與方逢源四目交投，「還有……？」

方逢源閉上眼睛，踮起足趾，在他唇上落了個吻。

「……還有，習慣被人疼惜。」他說。

方逢源望向牆上月曆，有人在今天日期上圈了個紅圈，艾佛夏昨晚一直在看。

他在休息室外問過韓茂山，才知道今日，其實是路蘭的忌日。

七年前的這天，艾佛夏在《好好先生》的片場，得知了母親路蘭女士的惡耗。

那之後每年路蘭的忌日，艾佛夏都會刻意請韓茂山把工作排滿，讓自己沉浸在忙碌裡，甚至徹夜不眠，即便過了七年也還是一般。

艾佛夏眼瞳蕩漾，抿唇片刻，吸了幾下鼻子，對上情人深邃的瞳眸。

「那麼。」他啞著嗓音，揚唇笑了笑，「你打算怎麼『疼惜』我呢，小圓？」

方逢源把額頭抵在艾佛夏胸口，好半晌才輕聲說道。

「我剛才做檸檬塔時弄髒了衣服，把裡面衣服脫光了，只剩圍裙。」他啞著嗓子，「……我猜你不擅長隔著圍裙辦事吧，國民男神？」

——番外3〈男神不會的事〉完

Sidestory 4

番外 4

迷妹的故事

楊心如是個再平凡不過的女性。

她平凡地念完國民義務教育，考上一所不怎麼樣的高中，在父母的威逼下念了大學，在過了半年無業遊民生涯後，錄取了一間小公司的行政職，哄著討人厭的老闆討飯吃。

她身材不好，長相也平平。學生時代交過一、兩個男友，交往都不深，後來工作忙了，連打扮的時間也沒有，索性放棄戀愛。

楊心如也沒什麼嗜好，從學生時代就不愛參加社團。她喜歡漫畫，但也沒執筆創作的才能；喜歡跳舞，但也不到去徵選偶像的程度；喜歡美食，卻也不會寫什麼美食blog，連IG追蹤人數都只有六十人。

她做大部分事情都三分鐘熱度，cosplay、書法、插花、減肥、登山……家裡永遠堆滿了興趣的遺跡，像是買了三個月就擱一旁的健身環。

但在楊心如的人生中，卻有一樣東西，是她從來不曾放棄過的。

楊心如第一次見到艾佛夏，是在她高中三年級時。

當時楊心如被父母逼著考大學，為此十分痛苦，念書念到快從五樓教室往下跳，大考當日又肚子痛失常，只考上離家兩小時車程的三流大學。加上最疼楊心如的奶奶在那年過世，人生徹底陷入低潮。

某天晚上，她拖著疲憊通勤的身體回家，發現自家老母在追一檔電視劇。

楊心如平常不大看電視劇，班上女同學會討論偶像明星，但對楊心如而言，三次元的男人只會讓他想起脾氣差又沒用的父親，遠不如一個五條悟。

那齣劇叫《好好先生》，似乎是在講一個邋遢宅男，為了畢生摯愛的青梅竹馬，脫胎換骨、默默守護對方的故事。

這麼可愛一定是男孩子

劇情演到女主角杜小月為了父親工廠不被收購，無奈答應嫁給一直迷戀她的財閥公子，但因為門不當戶不對，被對方姊姊百般刁難。

「妳以為嫁進高家，就可以飛上枝頭當鳳凰嗎？」女演員抓著另一個少女演員的頭髮，囂張地說著：「笑死人了！也不看看妳這鬼樣子，像妳這種女人，肯定沒男人要吧？才會老黏著富帥不放。」

此時宴會廳的燈光暗下來，探照燈打在迴旋梯上，有個穿著白色西裝，梳著整齊油頭、身材高大的男演員，從迴旋梯上走下來。

他步履緩慢、儀態大方，光是出場便奪走眾人目光。

而最令楊心如震懾的，是演員的眼神。

男演員的眸子如同深海，黑中帶藍，深處卻閃爍著金光。

他用冰寒的目光掃視宴會廳裡每一個人，即使是遠在螢幕這端的楊心如，也被那眼神掃得心頭一驚。

「誰說沒有男人要她，你們問過我古朝陽嗎，嗯？」

事後楊心如問母親：「這個男演員是誰？」

「好像叫艾佛什麼的……啊，艾佛夏啦！最近新聞一直在報他，好像以前是童星還什麼的，我是覺得他還算帥才偶爾看看。」

楊心如補了《好好先生》至今所有集數，看到連期中考都放水流。

她開始在網上搜尋艾佛夏所有作品，包括童星時期的出道作《天上的星星都到哪去了？》，十幾歲時演的《愛的超能力》、《大逃殺之臺北迷境》、《天字十五號當鋪》等等作品，廢寢忘食地看著。

等楊心如察覺時，她已經買了全套DVD，還做了精華片段剪輯，手機和電腦桌布都是艾佛夏的劇照，房間牆上也貼著艾佛夏的海報。

《好好先生》不出意料的大紅大紫，即將搬上大螢幕，影視公司辦了影迷見面會，開放五十名觀眾入場。

楊心如在開放購票那天蹺光所有的課，和另一個艾佛夏同好約在網咖，但讀秒登入瞬間餘票便顯示為零，氣得小伙伴打電話去售票系統客服罵。

楊心如沒有放棄，見面會當天，她起了個大早，費心化了濃妝，穿上衣櫃深處塵封已久的白色洋裝，宛如初次約會的少女般，雀躍又緊張地來到會場。

現場萬頭鑽動，都是跟她一樣搶不到票，跑來外頭聽外洩聲音的小粉絲。

過不多時，身邊的小伙伴捏了她的手，指著影廳另一頭激動地叫道。

「心如！妳看，是他是他！」

只見鎂光燈閃個不停，遠處紅毯快步走來一個人，穿著casual的灰黑色西裝，單手插在口袋裡，頭上戴著漁夫帽，鼻梁上架著墨鏡。

他身邊跟了個高頭大馬，看上去像是保鑣的肌肉男，謹慎地護住男人周邊，不讓瘋狂的迷妹近身。

「艾佛夏！」

「小太陽！看這邊！呀啊——」

楊心如的小伙伴也擠進人群，試圖靠偶像近一些。但楊心如卻沒有動，只是怔然看著走過她前方的艾佛夏。

她難以形容那瞬間的感覺。明明是在螢幕上、海報裡、硬碟中，看過無數次無數次，理應熟

這麼可愛一定是男孩子

悉到不行的男人。

但實際這樣面對著面，感受這人與她的身高差距，感受燈光映在他肌膚的色澤，感受他的儀態和氣息，楊心如竟有一種陌生的慌亂感。

啊，這個人就是艾佛夏。

是活生生，真實存在著，看得見、摸得著、聽得到。

沒來由地，楊心如發現自己竟落了淚，直到艾佛夏朝圍觀人群揮手，在鎂光燈河下數度鞠躬答禮，步入會場後，都還停不下來。

小伙伴擠回身邊，看見哭到脫水的她，理解似地拍拍她的肩膀。

「我懂，第一次見生人都是這樣。」

經紀公司替艾佛夏辦了官方粉絲俱樂部，楊心如第一天就繳了三千塊入會年費，獲得進入俱樂部留言板的資格，還有每月的制式簡訊問候。

隨著艾佛夏人氣高漲，慈善活動、代言活動、廣告、綜藝、宣傳，還有各種戲約也接踵而來。「國民男神」的稱號不脛而走，楊心如的迷妹生活也越發豐富。

她在網上認識許多迷妹好友，組成應援粉絲團，除了交換情報和周邊，也密切發漏官方消息。

《只有六個顏色的彩虹》播出隔年，艾佛夏宣布舉辦首次個人演唱會，小太陽粉歡聲雷動。

楊心如和小伙伴們組成搶票大隊，找了高速學術網路，裝設驗證碼輸入程式，十幾個女人一字排開，但仍舊不敵機器人，無法取得足夠的票數。

網路上黃牛票炒到一張十萬塊，畢竟是限定三場的個人演唱會，且不知道會不會有下一次。

但這回楊心如再無猶豫，她領空了郵局存款，取得了夢寐以求的入場券。

看見舞臺上穿著落肩款潮T，俐落地彈著電鋼琴，還能抽空向迷妹們拋媚眼的艾佛夏時，楊心如簡直快停止呼吸。

從個人演唱會開始到安可，楊心如都處於一種虛幻不實的狀態，整個人飄飄然，連記憶都模模糊糊。

「那邊那位小姐，妳的應援牌掉了喔！」

艾佛夏在結尾talk時，忽然指著站在第一排的楊心如，她才驀然清醒過來。

「我的歌再好聽，也要注意隨身物品，除了妳的心以外，可別把其他東西忘在這裡啊？」

他眨著眼對她笑道，楊心如頓時覺得十萬塊都值了。

母親要楊心如不要沉迷於追星、不要亂花錢，早點去找個像樣的工作，要不就趕緊把自己嫁了。

楊心如的父親在年前小中風，無法工作，家中收入遽減。

母親要求楊心如每月給家裡一萬五千元，否則就搬出去別啃老。

但楊心如先前個人演唱會就吃了土，自己都還有卡債，她置之不理，母親便從早到晚跟在她身後叨念，甚至扔了她擱在客廳櫃上的舊海報。

這讓楊心如暴怒，跟母親大吵一架後摔上房門，轉頭又補起艾佛夏的熱門綜藝《型男主廚到你家》的新檔。

那集恰巧艾佛夏到一個迷妹家裡。楊心如曾寄過好幾次應募信，但都沒被節目組選中。

該名迷妹得了罕見疾病，長年臥病在床，平常唯一的娛樂活動，就是躺在床上看艾佛夏演的戲。

艾佛夏按著節目規矩，用迷妹家冰箱食材做了她喜歡的蕃茄義大利肉醬麵，還親自端來床頭，親手餵食。

迷妹感動到滿臉是淚，摀著嘴說到死都不想吞下去。

艾佛夏問迷妹：「為什麼這麼喜歡我？」

迷妹邊哭邊說：「因為、我就只剩您了啊！我的人生。」

看到此處，楊心如忍不住伸出指尖，觸摸螢幕上那張帥到發光的臉容。

「我也……只剩你了啊，艾莫。」她呢喃。

這麼可愛一定是男孩子

楊心如在網上發現一個私密社團，這社團神通廣大，總能拿到一般人拿不到的明星情報，舉凡班機、座車號碼、外景地，甚至連住宿飯店房號都能取得。

楊心如跟社團的人組成小太陽機動隊，宛如印魚般追隨艾佛夏的一舉一動。

她們在棒球場門口堵來擔任開球嘉賓的艾佛夏，在桃機入境大廳迎接赴韓拍戲歸來的他，在每一個外景片場守候他的身影。即使往往只能見到一閃而逝的小太陽，楊心如她們也心滿意足。

楊心如因為太常請假追星，被公司主管警告，她索性辭了原本的公司，靠著零星打工維生。

社團中有人查到安古蘭的宿舍地址，推測艾佛夏也住在其中。

有人主張到門口夜宿堵人，但有小伙伴說：「不好吧？畢竟是私人住宅，這樣有點像跟蹤狂。」

但楊心如實在無法放棄，她帶著睡袋、食水麵包，還準備了望遠鏡，到宿舍對面的公園守候。

她守到凌晨三點，看見艾佛夏的身影當真從宿舍門口步出時，簡直快興奮到暈過去。儘管對方戴著墨鏡、口罩，渾身包得嚴嚴實實，她還是一眼就認出來了。

「艾佛夏先生！」她用極高的聲量喚道，三兩步衝到他身前。

男神看上去有些驚嚇，但楊心如心情過於激動，眼中金星亂竄，連呼吸都有些不順，全身全靈都被眼前的男神荷爾蒙籠罩。

「妳是誰？」艾佛夏問她。

「是我啊，艾佛夏先生，你不記得我了嗎？你在個人演唱會上，還跟我打招呼，提醒我應援牌掉了……」

楊心如激動地朝他逼近，艾佛夏則往人行道方向退了一步。

「妳是我的粉絲？」艾佛夏喃喃說：「妳怎麼知道我住在這……？」

楊心如喜出望外，「您果然還記得我！我太開心了，艾佛夏，不，艾莫先生，我真的好喜歡你，我從高中就一直看著你了，你所有的劇我都有追，專輯也買了兩套，每則推特我都有回，你是我在世上最喜歡的人……」

艾佛夏似乎在瞄周圍。

「我明白了，但我現在是私人時間，很謝謝妳支持我，這麼晚了，女孩子一個人在外頭危險，還是快點回去吧！」

楊心如連忙說：「我知道、我知道，但我真的只是想見你一面，我最近遇到很多倒楣事，都快沒有活下去的勇氣了，只是想從你這裡得到一點力量……」

楊心如見艾佛夏又退了一步，似想就這麼離開，她情急之下，竟一把抓住艾佛夏手腕。

對方似也沒料到楊心如會動手，他明顯一僵，隨即甩開楊心如的五指。

「……別碰我。」艾佛夏用異於平常的沙啞嗓音說，趁著楊心如一愣期間，火速返回宿舍裡，「碰」地闔上了大門。

這麼可愛一定是男孩子

楊心如不久後便在社團裡看見小道消息，說為了艾佛夏的人身安全著想，他搬離安古蘭的宿舍，由父親出資，另租高級公寓居住。

艾佛夏被私生飯騷擾的事也被爆出來，八卦新聞說他被女粉絲闖進表演場男廁，還被偷了雨傘、墨鏡等私人物品。

底下一片謾罵聲，都在數落私生飯的不該。

楊心如悵然若失。

她知道自己做得不對，但卻又忍不住回味起那天艾佛夏的一舉一動，每一個從他喉底說出的字、口中吐出的氣息，還有碰觸他手腕時，真人肌膚的觸感，都彷彿壞掉的留聲機般，在楊心如腦中反覆播放，無法停止。

彷彿懲罰楊心如的行為般，就在艾佛夏搬家的隔年，八卦雜誌投出了震撼彈。

標題是「**風流男神小太陽，情歸初戀女友？**」卷頭放了艾佛夏開著保時捷，在某間餐廳外頭等人的照片。

楊心如在網路上找到了爆料全文，內文寫道，艾佛夏和《好好先生》的女主角Ruka，本名盧其恩的女性，從拍攝結束後就一直祕密交往。

近日因為盧其恩有了兩人愛的結晶，艾佛夏決心要與她定下來，於是帶著盧其恩，向目前人在美國定居的艾嘉報備。艾嘉也認同兩人的戀情，便作主為兩人另擇新居，艾佛夏也才會突然搬出安古蘭的宿舍，與盧其恩同居。

內文還繪聲繪影地寫道，艾佛夏體貼懷孕三個月的女友，特地在女友與公司同事聚會後，開著保時捷到餐廳門口，一等就是一個半小時。

後來因為Ruka想跟朋友續攤，艾佛夏只好獨自一人開車返家。

八卦記者還寫道，「向來以演藝圈風流浪子稱著的艾佛夏，竟能為了守護女友獨守空閨，且看不出來有任何不耐煩的樣子，看來月亮果然是太陽的最終歸處，本小報也將持續追蹤報導兩人的婚事。」

報導當然在小太陽粉圈掀起軒然大波，楊心如加入的每個社群都群情激憤。

「天呀！真的是跟Ruka嗎？我昨天還嗆我同事說他們只是演戲而已……」

「沒拍到同框照我都不信啦！」

「等一下，所以這女人懷孕三個月，還跟朋友喝酒喝到深夜嗎？還讓小太陽在外面等她？有沒有搞錯啊！」

「她之前不是拍那什麼《黃鸝鳥的夏天》嗎？演那個討人厭的女配角，據說那角色，是她跟導演上床換來的，到現在都還是那導演的情婦。」

「我從《好好先生》時期就不喜歡她了，果然就是個綠茶！」

小伙伴們揪團殺進Ruka現在出演女配角的新戲《都會女子日誌》，在留言板狂洗謾罵，從Ruka的長相、演技、品德，一路牽扯到她的家人和工作，連Ruka的經紀人都遭殃，被挖出以前曾混黑道的傳聞。

楊心如還看到粉絲大群組在號召，要到Ruka寫真集握手會上鬧事，有人擬了抵制信，一人一信寄到悅聲經紀公司抗議。

推特上全是盧其恩的負面記錄，有粉絲特意開了推特分身帳號，照三餐誹謗那個女人。

但楊心如只覺得茫然，從得知緋聞那天起，便覺得有什麼東西抽乾了軀體，讓她連起床都沒了動力。

她看著滿屋子的艾佛夏周邊，想起那天，她抓住艾佛夏的手腕時，艾佛夏那雙全然不同於個人演唱會時的眼神，忽然覺得悲從中來。

原來她一直以來崇拜的、注視的，自以為了解的那個人，在她完全看不見的地方，擁有截然不同的另一段人生。有他在意的事物、喜歡的人，而她對這些全都一無所知，且無從參與。

她播放著個人演唱會的藍光DVD，看著螢幕上笑容可掬的小太陽，忍不住想，她喜歡的這個艾佛夏，究竟是什麼人？

她心中的小太陽，是真實存在著的嗎？

還是自始至終，都是她的一場夢呢？

楊心如把DVD都轉賣了，把收集的周邊分送給同好，各種DM也拿去回收，只剩下個人演唱會的應援牌，楊心如實在捨不得丟，便把它扔進了櫃子深處。

小伙伴見她久未參加活動，問了句：「妳退坑了喔？」楊心如已讀不回。

她重新找了份工作，一樣是低薪高工時的行政職，下定決心搬出老家，在車站附近租了間小雅房，朝九晚十，把全副心神都放在工作上，回家倒頭就睡，既不追劇，連網站都少上，也完全不看演藝新聞。

她開始有了積蓄，也能寄點錢回家，日子變得單純而幽靜，對比隔壁桌女同事大量韓星周邊小物，她的辦公桌乾乾淨淨，連張公式照都沒放。

楊心如忽然發現，原來沒有偶像，日子也還是能順順過下去。

她就這樣過了兩年，在通勤的捷運路上，刷到了一則農場推播新聞。

「『賤女人』當口頭禪？撕下完美男神艾佛夏假面具！」

看見那個熟悉又陌生的名字，楊心如心底一驚。

她幾乎立即便點進了農場文，又從農場文連結到八卦雜報導，看了女方爆料的推特，也看了那個令人心悸的影片。

輿論如同雪崩一般，即使楊心如再怎麼刻意迴避，隔日整個公司的女人都聊起了這件事。

她們聊著艾佛夏的種種，從他的戲，到他的戀愛史，到他的家庭與人格，彷彿她們是這世上與艾佛夏最親的友人。

儘管不願意，楊心如在某週六加班時，還是被迫和同事一塊收看了艾佛夏的澄清記者會。

她站在同事的後頭，看著交誼廳螢幕上面目如生的艾佛夏，鎂光燈閃個不停，周圍全是同事的驚呼與嘲笑聲。

而她只是靜靜佇立著，一如她初見這男人生人那日般。

「我喜歡男人，我是個gay……很抱歉讓大家對我失望了。」

楊心如發現自己在不知不覺間，又開始關注起艾佛夏。

《這麼可愛竟然是男孩子？》首集播出那日，楊心如準時守在電視機前。

她實時看了一遍，馬上又到網路上把串流檔下載下來，窩在小床上，二刷三刷四刷，還立即到官網留言板寫了心得。

那天晚上，她看著截圖裡穿著女裝，被白樂光摟在懷裡，流著眼淚的艾佛夏，忽然覺得自己

這麼可愛一定是男孩子

又戀愛了。

她補了空窗期間的檔，下載了這兩年間的《型男主廚到你家》，重新加回各種發漏艾佛夏情報的帳號，只跳過了私生飯追星的群組。

艾佛夏開了新的直播頻道，楊心如也立馬加了會員。

艾佛夏二十七歲生日前夕，她參加了某個群組管理員舉辦的本人不在慶生粉絲茶會，在那裡認識了一名艾佛夏的男粉。

她與那位男粉相談甚歡，交換了連絡方式。

對方說自己在外商公司上班，聊一聊才發現兩人公司業務有交集，曾經在一次飯局中見過面，還相約之後要一起去看艾佛夏電影的復刻版。

楊心如問男粉：「你最喜歡艾佛夏的什麼地方？」

男粉思考了一下，說：「應該是，不管怎麼樣都會在那裡的安心感吧？」

楊心如露出不解的神色，男粉便笑說。

「演藝圈不是變化得很快嗎？今天還大紅大紫的偶像，沒隔幾年就被另外一批人取代。我從小學就開始看艾佛夏演戲了，總覺得他這個男人，就算一時遭遇挫折，終歸還是會爬起來，還是會為了粉絲，努力發光發熱。」男粉仰望著天頂，「對，就像太陽一樣，我希望自己能成為像他那樣的男人。」

而彷彿考驗男粉的宣言般，艾佛夏在二十七歲生日當天，長達一小時半的直播最後，親自在粉絲群裡，投下了前所未有的震撼彈。

「我遇見了一位男性……是男性，不是女性，從外觀到內在都是。

「我深深愛上了他，未來也有與他共度人生的打算。」

對於艾佛夏的二度出櫃外加認愛，網路自然是一片嘈雜。

有部分粉絲讚賞艾佛夏的勇氣，認為艾佛夏不像一些賣腐的男演員，是真的身體力行走入性少數的關係裡。

但崩潰的粉絲也有不少，比之當年Ruka緋聞時有過之而無不及。

她們對艾佛夏的戀愛對象咬死不放，肉搜出對方是名男大學生，曾開過推特的女裝帳號，現在似乎在做幕後工作，是某位導演的貼身助理。有人還挖出這名對象曾經在網路上徵過第三性伴遊，一腳踩在八大行業的邊緣。

性少數、女裝癖，加上賣淫嫌疑，這便足以讓狂粉群魔亂舞。

「為什麼小太陽要跟這種變態人妖在一起啊?!嘔嘔嘔嘔。」

「他難道以為穿了裙子就是女生嗎？根本刻板印象沙豬噁男。」

「男扮女裝做傳播，這不是詐騙嗎？真同情點到他的男生，要我的話一定故意點他出來，再把他揍到不敢照鏡子！」

「倫家是女生捏~你怎麼可以對女生這麼凶凶~」

「他是不是自以為艾佛夏看不出來啊？明眼人一看就知道是公的好嗎……」

最崩潰的莫過於《這麼可愛》的CP粉，那些人深信唐秋實和白樂光，或者說艾佛夏和徐安東，已經在一起了，打死不相信艾佛夏「另結新歡」。

「騙人的吧？唐秋實這麼愛白樂光，怎麼可能會換人?!」

「不是都領養女兒了嗎？和安東尼分手的話，女兒要怎麼辦？（哭臉）」

「我知道了，說是『一般人』，其實就是指安東尼對嗎？是因為怕影響到安東的事業，才謊稱對方是一般人……」

楊心如實在忍無可忍，她回應了幾個明顯人身攻擊的帳號，不意外地馬上被他們反擊，雙方戰得如火如荼。

還有人嗆她：「我對男人穿女裝是沒什麼意見啦，只是我個人就不喜歡啊！這是喜好問題，才不是什麼歧視。」

但有個叫「黑糖佛卡夏」的網友特別挺她，每次她發言，「黑糖佛卡夏」都會給她按讚，還在下頭附和叫好，火力還比她猛烈三倍。

黑糖佛卡夏：你很有正義感啊！艾佛夏有你這種粉絲，真是他的福氣。
　　能夠理性追星的人不多了，謝謝你。

楊心如看著「黑糖佛卡夏」的稱讚，有些怔然。

她發覺自己有些不一樣了，年少時她喜愛艾佛夏，是將他當成浮木。她的人生載沉載浮，而艾佛夏是她唯一能抓著，讓她呼吸到新鮮空氣的事物。

而她一度發現，浮木並不如她所想像的堅固。艾佛夏也是人，人非草木，即便是太陽，也有他的陰暗之處。

和那位男粉深交之後，楊心如也領略到，追星方式有許多種，每個人都不同。有人把自身完全倚賴在偶像上頭，因而得到救贖，但也有人，是站在偶像的身後，與他一同成長、一同茁壯。

而更重要的是，楊心如漸漸發現，她看著艾佛夏的時間，竟不如看著她的男粉小伙伴時間多，而對方亦同。

男粉抽到了慶祝《這麼可愛》獲得戲劇金獎感謝會入場資格，還一次抽了兩份，邀請楊心如一塊去。

楊心如既感興奮，卻又有些近鄉情怯，對於要再見到艾佛夏生人這件事。

「很高興能在這樣的場合，與各位觀眾見面，談談演這部戲的心路歷程。剛接下這部戲時，我其實心裡是有點牴觸的，畢竟對多數男人而言，演出BL作品裡的受方，都會覺得是一種屈辱……」

楊心如穿著樸素的套裝，和男粉並肩坐在位於電視臺一樓的會場後排，看著臺上侃侃而談的艾佛夏。

比起多年前在宿舍前見到他，艾佛夏似乎瘦了，楊心如知道他為新戲瘦了十公斤，更顯銳利帥氣，眼神熠熠生澤。

若說宿舍那時的他，是飛揚跋扈中帶著玩世不恭，甚至還有些憤世嫉俗。如今的艾佛夏，卻帶著某種萬事俱備，即將邁向未來的沉著。

她的小太陽長大了。而楊心如還不確定，自己是否已跟偶像一同長大。

見面會結束後，楊心如跟著男粉小伙伴，在工作人員疏導下散場。艾佛夏也在工作人員簇擁下，往後門方向離開。

男粉說要去上廁所，楊心如便和其他粉絲一起擠在走廊邊上目送。

她發現有名女粉絲，臉上畫著濃妝，穿著《這麼可愛》最後一集中，唐秋實穿的那件紅色晚宴洋裝，一看就知道是艾佛夏的狂粉。

她站在楊心如身側，手裡拿著不知什麼東西。

楊心如偶然瞥見她臉上神情，和當年帶睡袋到艾佛夏宿舍門口站崗的她，表情如出一轍，心底不禁一驚。

她見那女粉絲避開保全的視線，悄悄穿過人群，往後方停車坪的方向移動，便也矮下身段，悄然跟在她身後。

艾佛夏跨上保母車。保母車內隱約有個人，穿著低調的米色洋裝，綁著可愛的高馬尾，身材嬌小，戴著電視臺的識別證，感覺像是工作人員一般的人物。

楊心如清楚地看見，艾佛夏在看見那名小不點的瞬間，露出了從未在粉絲面前展現的燦爛笑容。

但下一刻，楊心如見那名女粉絲咬了咬牙，竟忽然拔腿衝向保母車。

電視臺的保全都注視著艾佛夏那頭，沒人注意到女粉絲的動作。

楊心如忍不住叫道：「艾佛夏先生，小心！」

艾佛夏似乎聽見她的警告，驀然回首。

卻見那名女粉絲衝到敞開的保母車前，右手一揚，手裡的瓶狀物便向保母車飛去，在空中滲漏出墨黑色液體，全往那名工作人員身上潑去。

經紀人伸手想攔，但已經來不及了。

就在這瞬間，楊心如看見艾佛夏一個側身，先是擋住保母車門，右手抓過還愣在座位上的嬌小工作人員，將他緊緊護在懷裡。

「唰啦」一聲，那瓶墨砸到艾佛夏肩膀，散成了一片水墨畫。

一切都發生在電光石火間，這下保母車周圍譁然，幾個保全立即上前，把女粉絲拖了開去。

「住手！不要攔我！不要阻止我……」女粉絲歇斯底里地喊叫著。

黑色液體滑下艾佛夏白皙俊美的臉龐，好在那似乎只是普通墨汁，但艾佛夏的衣服全遭了殃，顯得有些狼狽。

楊心如聽見他的經紀人低聲問了句：「沒事嗎？有沒有受傷？」艾佛夏卻沒說話，只平靜地搖了搖頭。

他把懷中嚇愣的工作人員交給經紀人，拔去墨鏡，抹了下臉上髒汙，緩步走向委頓在地的女粉絲。

「為什麼要保護這種人！為什麼？他根本配不上你啊！你是我們的小太陽，怎麼可以跟這種人在一起？怎麼可以、怎麼可以……」女粉絲猶不解懷，賴在地上淒厲地叫著。

楊心如看見艾佛夏深吸了口氣。

「我不認識妳，過去是，未來大概也是。」

他瞥了眼保母車內的某人，似在確認他平安無事，又轉回頭來。

「我相信妳一定很喜歡我，也自認很了解我。而我以前總認為，妳眼中的那個艾佛夏是假的，在那之外，有一個真實存在的我，但後來我發現不是的，妳心目中的那個艾佛夏，也是真實的，對你們而言也是很重要的。」

艾佛夏蹲下身來，平視著那位女粉絲。

「但有件事，我還是希望妳能理解，就如同妳想守護心中那個艾佛夏，我也有非保護不可，重要的人。」

楊心如心頭一顫，她在那瞬間，從艾佛夏的金眸深處，瞥見深刻的，只屬於一個人的溫柔。

「所以這次就算了，如果下次再做出同樣的事，妳心中的那個艾佛夏，就會徹底討厭妳，再也不理妳了喔，明白了嗎？」

女粉絲大哭著被帶走後，楊心如依然站在原地。

艾佛夏戴回鴨舌帽和墨鏡，忽然回過頭來，目光竟定在她身上。

「謝謝妳剛才警告我。」艾佛夏說，又忽然凝起眉頭，「我們見過面嗎？妳看起來有點面熟。」

此時她的小伙伴終於找到她，喊著「心如！」從遠方奔過來。

楊心如站得筆直，在夕陽照撫下，朝著小太陽露出笑容。

「沒有，但我是您的忠實粉絲，很高興您平安無事。」

艾佛夏怔了一下，隨即朝她點了個頭，鑽進保母車中。

楊心如見他又摟住那個工作人員，而工作人員似乎在數落他什麼，兩人爭論過程中，經紀人將保母車闔上了門。

小伙伴跑到她身後，問道：「怎麼了，心如，剛發生什麼事情了嗎？」

楊心如目送絕塵而去的保母車，又望向遠方沉落的夕陽，搖了搖頭。

「沒什麼，跟一個老朋友道別而已。」

她對著小伙伴說：「難得來這附近，回家之前，一起去吃個晚餐吧？」

——番外4〈迷妹的故事〉完

——《這麼可愛一定是男孩子》全系列完

Afterword

後記

非常開心能夠與高寶書版合作出版這本書。當初在詢問創作的方向時，編輯給了極大的空間和題材的自由度，也讓我如願寫了自己一直很想寫、也相對擅長的題材，可是說是創作、連載和出版過程中都充滿愉快的一本書。希望未來也還有合作的機會！這部分就靠大家努力推廣這本書了！XDD

這本書的基底題材與我 2020 年出版的《通姦契約》有某些程度相似，但加上了一直很想寫的娛樂圈元素，還有最近我非常迷戀的 VTuber，也因此閱讀起來應該會感覺輕鬆不少。

近幾年一直很想傳達關於「陰柔」的概念，最近觀看一些文創作品，似乎無論是 BG、BL、GL，都很大程度地強調「陽剛」，女子要自立自強、Omega 要自立自強，受要能跟攻並駕齊驅，要事業有成、要果敢堅忍、要獨立自主、要能立於人前，上得了廳堂但不一定要下得了廚房，不要成為生育工具、拳頭要硬、身材要有大肌肌、講話要大聲，不要柔弱、哭包退散、不要美人不要水蛇腰、不要「娘」，「要看男人娘不如去看 BG」、「要看弱受何必看 BL」……幾乎充斥著主流的 BL 市場，「弱受」幾乎變成了原罪，人人得以誅之的地步。

其實我也很喜歡看強攻強受，近期出版的另一部作品也是以強攻強受、警察為主題。但除了強攻強受這樣的選擇外，我們是不是能夠接受更多元、更跌宕多姿的「男人」樣貌，是我嘗試在《這麼可愛》這部書中訴說的。

也很謝謝連載期間，在水裡寫字給我回饋的朋友們，給了我很多創作下去的勇氣。

這麼可愛一定是男孩子

本書也稍微帶到了一點近幾年爭議的議題，讓我其實有點不太敢大肆宣傳XD但主軸還是希望能把可愛的、陰柔的、娘的、史上最弱的「弱受」方逢源這樣的角色呈現給各位，如果大家看完之後會覺得「小圓好帥啊！」或是「艾佛夏好美啊！」，就太令人高興了。

最後還是要謝謝購買這本書的你們，也歡迎追蹤我的粉專和噗浪，隨時發濕我的新書和活動進度喔！：）

吐維 2023.06.05

粉專：http://facebook.com/TOWEIMYMY

噗浪：http://www.plurk.com/tt0977

高寶書版集團
gobooks.com.tw

FH075

這麼可愛一定是男孩子（下）

作　　者　吐維
繪　　者　Eli Lin依萊
美術設計　莓果雪酪
編　　輯　薛怡冠
校　　對　賴芯葳
排　　版　彭立瑋
企　　劃　方慧娟

發 行 人　朱凱蕾
出　　版　朧月書版股份有限公司
　　　　　Hazy Moon Publishing Co., Ltd
地　　址　臺北市內湖區洲子街88號3樓
網　　址　www.gobooks.com.tw
電　　話　(02) 27992788
電　　郵　readers@gobooks.com.tw（讀者服務部）
傳　　真　出版部　(02) 27990909　行銷部 (02) 27993088
郵政劃撥　19394552
戶　　名　英屬維京群島商高寶國際有限公司台灣分公司
發　　行　英屬維京群島商高寶國際有限公司台灣分公司
初版日期　2023年8月

國家圖書館出版品預行編目(CIP)資料

這麼可愛一定是男孩子 / 吐維著.-- 初版. -- 臺北市：朧月書版股份有限公司出版：英屬維京群島高寶國際有限公司臺灣分公司發行, 2023.08-
　面；　公分. --

ISBN 978-626-7201-82-4（上冊：平裝）. --
ISBN 978-626-7201-83-1（下冊：平裝）

863.57　　112008395

朧月書版

朧月書版